前途多難な恋占い

Kaori & Kosuke

来栖ゆき

Yuki Kurusu

EB

エタニティ文庫

目次

前途多難な恋占い

人一倍、運が悪いってことは、
二十五年間生きてきて、もうとっくに気付いてた——
だからこの人に懸けてみようと思った。
きっとこの人が、私を救う救世主になってくれる……はず。

1

「ここが、マダム・オルテンシアの館《やかた》……」

一方通行の細い道路を隔てた向こう側に立つのは、日本らしからぬ異国風の建物。

タマネギ型の丸い屋根にカラフルな色合いの壁。煌《きら》びやかな飾りの付いたカーテンが入り口や窓を覆《おお》っている。

あまり大きくないその建物の周りにはランタンが置いてある。ランタンの中には本物の蝋燭《ろうそく》が入っているようだった。

不規則な炎の揺らめきは壁に影を生み、ミステリアスな雰囲気を醸《かも》し出している。なんだか異世界に迷い込んだようで、私は少しだけ進むのをためらった。

ごくりと唾を呑み込み、手に持つ雑誌に視線を落とす。

間違いなくここに載っている建物と同じなのに、雑誌の写真は昼間のせいか印象がまったく違っていた。

「だ、大丈夫よ……」

私、早瀬香織《はやせかおり》は今までの不運な人生を捨てて、ここで生まれ変わるんだ――ううん、絶対に生まれ変わってやる！

決心の表れとしてぎゅっと手を握りしめると、雑誌がぐしゃっと潰れた。はっと気付いて皺《しわ》を伸ばし、バッグの中にしまう。頼みの綱でもある雑誌を折るなんて、バチが当たったら大変だ。

「いざ、出陣！」

と、自らを奮《ふる》い立たせて一歩踏み出した矢先、右側から猛スピードで車が近付いて来た。危険を察知して立ち止まったはいいけれど――

「きゃあっ」

その車はスピードを緩《ゆる》めることなく私に近付き、あろうことか地面にあった水たまりの水を、盛大に跳ね散らかして通り過ぎて行ったのだ。

「う、嘘でしょ……この前クリーニングに出したばかりなのに」

オフホワイトのコートに泥水の茶色い染みがじわじわと広がる。急いでハンカチで叩いたけれど、ここまでひどいと何の意味もないことくらいすぐにわかった。

「さいあく……」

そう、私はいつもこうなる。生まれてからずっと、記憶にある限りイイコトなんてなかった。

小学生の時、楽しみにしていた臨海学校は、直前に風邪を引いて欠席。

中学一年生の時、よりによって委員決めの日に親戚の葬式で休んでしまい、面倒なクラス委員を押し付けられた。一度経験があるってだけで、学年が変わっても誰かしらに推薦《すいせん》されて、結局三年間クラス委員だった。

高校の体育祭では、接戦の末追《すえお》い抜いたリレーで大盛り上がりの最中《さなか》、私の出番で思い切り転んでしまい、結局逆転負け。しかもそれが原因で総合優勝を逃した。

私は転倒した時、手首にヒビが入り全治三ヶ月。それなのに心配されるどころか、しばらく学校内で後ろ指さされてたっけ。

大学の時は――講義中も就活中も、思い出したくもない出来事で満載の四年間。

私はいつもいつも、ここぞという時に、いや普段の生活の中でも、大なり小なりこうした不運に見舞われ続けてきたのだ。

館《やかた》の前に並ぶ数十人の人たちが私を見て、コソコソと何かを言い合っている。きっと泥だらけのコートに気が付いたのだろう。私は同情入りまじる囁《ささや》き声を聞こえないふりして、道路を渡って列の最後尾に並んだ。

二月の寒い中、コートを脱ぐわけにもいかず、私はバッグで泥汚れを隠すだけに止《とど》めた。

何もなかったように、スマホを操作しながら平静を装う。本当は踵《きびす》を返して走って逃げたかったけれど、せっかくここまで来たのに今さら引き返すわけにはいかない。

本当に、私って運が悪い。

そう考えるのは、今日だけで何回目だろう……

マダム・オルテンシア――年齢、性別共に不詳、ついでに国籍も不明というプロフィールを持つ、最近話題の占い師。

マダムというくらいだから女性だろうというのは察しがつくし、雑誌のインタビュー記事も日本語で答えているのだから当然、日本人だと思う。

なんでも占い好きの間では当たると評判の人物らしい。

言われた通りに行動すれば、何でも望みが叶う――そう聞いたのはついこの間、電撃結婚をした友人からだった。マダム・オルテンシアの言う通り海外旅行に行って、彼女曰《いわ》く〝人生の伴侶《はんりょ》〟と運命的な出会いをしたそうだ。

正直、占いを信じていると言えば、嘘になる。

ファッション雑誌に載っている星占いも、毎朝テレビで流れる今日の運勢もその場で一喜一憂するだけで、数分もすれば忘れてしまうくらいの存在。だって、占いの通りに行動するだけでうまくいくのなら、私のこれまでの不運はとっくに幸運になっているはずだから。

でも、まったく男っ気のなかった友人が玉《たま》の輿《こし》結婚したとなると話は別。もしかしたら本当に願いが叶うのではと思ってしまう。

私だって幸せになりたい。だからマダム・オルテンシアに占ってもらうことに決めたのだ。

長い行列の先頭と腕時計を交互に睨《にら》みながら数時間並び、やっと私の順番が来た。期待半分、怖さ半分で厚手のカーテンをめくり中に入る。

途端、強いお香《こう》の香りに包まれた。頭の上ではオレンジ色の光を放つシャンデリアが煌《きら》めき、壁には外にあるランタンと同じようなものが並べられている。様々な色をした蝋燭《ろうそく》に炎が灯《とも》っていて、それだけでも温かかった。

「いらっしゃい、迷える子羊ちゃん……」

雰囲気に圧倒されて周囲を見回していた私に、奥の暗がりから声がかかる。

「あ、あのっ」

「ウフ、初めての方ね？　マダム・オルテンシアの館《やかた》へようこそ。アナタも人生に迷ってアタシのもとに辿《たど》り着いた憐《あわ》れな子羊ちゃんね。さあ、お座りなさい」

ハスキーボイスに促《うなが》されるまま、私は綺麗なネイルの施《ほどこ》された指先がさし示す丸椅子《いす》に腰かけた。

眼前で優雅に腰かけるマダム・オルテンシアは、千夜一夜物語に登場するような豪奢《ごうしゃ》な飾りの付いた衣服を身にまとっていた。頭部から口元にかけては薄布のスカーフで隠れているけれど、妖艶《ようえん》に微笑《ほほえ》む口元が透けて見えて、ドキドキしてしまう。

マダム・オルテンシアは、私が一生努力してもなれないような超絶美人だった。

「アラビアンナイトのお姫様みたい……」

二の腕や胸元など肌の露出が多い衣装に見惚《みと》れ、思わず零《こぼ》れた言葉に、マダム・オルテンシアは一瞬、目を見開いたあと、スカーフの下でにっこりと微笑んだ。

「さあて、今日はどうしたのかしら？」

「あ、あの、えっと、私……」

この人なら、なんとかしてくれるかもしれない……ごくりと唾を呑み込み、私は家族にさえ話したことのない悩みを打ち明けた。

「――それで、今まで本当に良いことがなくて、何かすると、いえ何もしなくても悪いことが起きて、もう運に見放されてるっていうか……」

今までのことを思い出しているうちに、だんだん自分が情けなく思えてくる。がっくりと肩を落としながら話し終えると、マダム・オルテンシアが私の頭をぽんぽんと撫《な》でた。

「大変だったのねぇ……」

彼女が動くたびに飾りがシャラシャラと乾いた音を立てた。

「確かに、アナタ幸薄《さちうす》そうな顔してるわ。運に見放されるなんて、一体どうしちゃったのかしら」

「はい……自分でもそう思います」

「うーん……そうねぇ………」

呟《つぶや》き、マダム・オルテンシアは丸いテーブルの上に置いてある石版を見つめる。大きな星の形と、文字だか記号だかの模様が彫られた真っ黒な石版だ。そしてその上に小さな石を転がし始めた。

きっと占いが始まったのだろうと思い、私は黙って見つめた。

数分間それを繰り返したマダム・オルテンシアは、手を止めて顔を上げる。

「やっと見えたわ、アナタの運命を百八十度変えてくれる人物の姿が……」

「運命を……変える？　ほ、本当ですか⁉」

私は興奮を隠し切れずに身を乗り出した。

「いい？　よく聞いてちょうだい……」

期待と不安で胸を押さえ、マダム・オルテンシアの目をじっと見つめる。

彼女は私を見ているようでいて、もっと遠くの何かを見つめているようでもあった。

「心の内側に燃えたぎる炎をまとっている……それは目に見えないけれど、アナタなら触れることができるわ。アナタの運勢を向上させるほどの力がある。かなりの強運の持ち主《ぬし》だわ……強運って言っても、それは誰に対しても発揮されるものではないのよ？　アナタと、この人が出会って初めて強くなるミラクルなパワーなの。この人と出会うことができれば、子羊ちゃんの運命は百八十度変わるでしょう」

「炎？　ミラクル……ですか？」

ちょっと、いやかなり抽象的《ちゅうしょうてき》で意味がわからない。

「例えばどんな感じの人でしょうか？　特徴とかありますか？」

「あら、難しすぎたかしら？　そうねぇ、わかりやすく言うと……夏生まれ、獅子《しし》座の
A型。生年月日に数字の二が付くわ。一九八二年生まれとか、十二日、二十日が誕生日
ね……あと、右手の甲にホクロがあるみたい」

「なるほど……その人とお友達になれば……」

私はバッグから手帳を取り出すと、聞いた条件をメモした。

生年月日に二の付く夏生まれでA型、右手にホクロ。これだけ条件がわかっていれば、
見つけるのも簡単かもしれない。

「あら、お友達じゃだめよ。恋人にしなきゃ」

「えっ」

当たり前でしょう、というような顔をしたマダム・オルテンシアをまじまじと見つめる。

「こ、恋人ぉ!?」

「まったく、アナタ、マダム・オルテンシアの恋占いの館《やかた》に何しに来たの？」

彼女は面白いものでも見たかのように、形のいい唇の両端をくいっと上げた。

テーブルに肘《ひじ》をついて身を乗り出し、秘密の相談をするかのように私に顔を近付ける。

「アタシが占った相手は子羊ちゃんの運命の男性よ？」

「う、運命の——男性っ!?　そ、そんな……いきなり、なに言って——ど、どうしようっ」

私には、今まで彼氏というものがいたことがない。それなのに、初めての彼氏が運命の男性だなんて！

「だ、だめですっ！　初恋は実らないって言うし、それに男の人と二人きりで何を話していいかわからないし、そもそも私、男の人とお付き合いしたことがないんです！　——あ、一回だけ高校生の時に隣のクラスの男の子に告白されて付き合ったことがあったけど、それは二日しか続かなくて、しかも手さえ繋がなかったからノーカウントだろうし」

それを数に含めたとしても、私には恋愛経験がなさすぎる。

いきなり運命の男性を恋人にして、もしも嫌われてしまったら？　運命の男性を逃した私は、一生一人で不運な人生を歩んでいくってこと？

「そ、それは困る！　けど、どうしよう！」

「まあまあ、落ち着きなさい子羊ちゃん。そんな後ろ向きじゃダメよ。そういう考えじゃあ今までの不運を一掃できないわ。アナタ、アタシのもとに何しに来たの？　運命を変えに来たのではなくて？」

……そうだ、私は変わるために来たんだ。

「わかりました。私、運命の人を見つけて……こ、恋人にして絶対に幸せになります！」

「ウフフ、いい子ね。そんな子羊ちゃんにイイモノを紹介するわ」

マダム・オルテンシアがごそごそと取り出したのは手の平に収まるくらいの水晶玉だった。

覗《のぞ》き込むと、目を丸くした自分が映《うつ》る。

「これ、幸運を招きよせる水晶玉なの。アナタになら……そうね、十万円で譲ってあげるわ」

「じゅ、十万……」

想像以上の高額に驚いた。でも……

急いで財布の中身を確認する。占いの予算がわからず、ここに来る前に銀行へ寄って来たことを思い出したのだ。

「ううっ、でも五万しかない」

「あら、しょうがないわね。大サービス！　五万でいいわよ」

「いいんですかっ!?　じゃあ、それ下さいっ！」

「ウフフ、そうこなくっちゃ！　毎度ありー」

私にそっと水晶玉を手渡してくれたマダム・オルテンシアの瞳が、今までと違う輝きを放った——気がした。

2

二月も終わりに近付きつつある日の夕方。そろそろ春が待ち遠しくなる寒さの中、私はひとり、倉庫で商品を段ボールに詰めていた。

社内の商品在庫がすべて置いてある倉庫は広く、天井も高い。

もうすぐ終業時刻だけあって、人気《ひとけ》もなく寒々しい倉庫内は、微《かす》かな物音でも遠くまで響いた。

足元に置いたミニヒーターがほんの少しだけ私を温めてくれている。

「九十九、百……と。ボールペン一ダースが百箱」

もう一度、納品書と数を確認して商品を段ボールに詰め、梱包《こんぽう》テープで封をする。

「よし、これで今日の発注分は完了！」

私が勤めているのは、文房具の企画・開発をしている会社。その中の、商品在庫を管理して取引先に引き渡す部署——商品管理部に所属して今年で三年目だ。

普段はパソコンへのデータ入力や納品書の作成などデスクワークをしているが、部の中では未だに下っ端《ぱ》で後輩がいないため、こんな雑用でも私の仕事になる。

「早瀬さん、それで最後？」

倉庫の扉が開き、台車を引いた香川《かがわ》さんが現れた。離れの倉庫と本社を何度か行き来しているせいか、動きやすいようにワイシャツを肘《ひじ》の部分まで折り曲げていた。

「あ、香川さん。そうです、お願いします」

段ボールに宅配便の伝票を貼り、同じ商品管理部の先輩、香川さんに引き渡す。その時ふと、視界に入った香川さんの右手の甲にホクロがあったのだ。

「あああっ！」

その手を取り、まじまじと見つめる。

これはっ！

「あの、香川さんって夏生まれですか？　もしかして、獅子《しし》座のA型？」

「いや、違うけど……」

顔を引きつらせ、香川さんは私の両手から自分の手をさっと引き抜いた。そして、そのまま段ボールを台車に積んで逃げるように去って行ってしまったのだ。

「香川さんでもないのか……」

ぽつりと呟《つぶや》くと、背後からくすくすと笑い声が聞こえる。香川さんと入れ違いで来た青木《あおき》さんだった。

「早瀬ちゃん、前から気になってたけど、それ何？」

　青木さんは、入社当時から私に仕事を教えてくれている先輩だ。こげ茶色のロングヘアはツヤツヤで、いつも余裕そうな笑顔で他部署の人と話していて、これぞ仕事のできる大人の女性という感じ。私がこっそり憧れている人でもある。

「それ、って何のことです？」

　意味がわからず私は首を傾《かし》げた。

「だから、すれ違いざまに社内の人を捕まえて、夏生まれだとか、生年月日に二の数字が付くかどうかって怖い顔で迫《せま》ることよ」

　呆れたような顔で青木さんが言った。

　マダム・オルテンシアの占いを聞いてから二週間、私は社内で右手の甲にホクロのある男性を見つけては、運命の人の条件が当てはまるかを聞いていたのだ。

「社内で噂《うわさ》になってるのよ。早瀬ちゃんは実は魔女で、何かの儀式の生贄《いけにえ》を探してるんじゃないかって」

「ち、ちがいますよ！　そんなんじゃありませんっ！　何でそんな不気味な噂になってるんですか⁉」

　それって私、かなりヤバい人みたいじゃない！

　焦って否定すると、青木さんは我慢できないといった様子で大笑いした。

「だってさ、早瀬ちゃんのデスクの上に水晶玉置いてあるでしょ？　たまに一人で水晶玉に話しかけてるし、その頃から変な行動が目立つしさ」

「そ、それは――」

確かに、肌身離さずを意識して、会社にいる時はデスクに金色の台座まで用意して飾っていた。その方が効き目があると思ったから。

まさかその水晶玉のせいで、魔女扱いされていたなんて！

「あのっ、とにかく本当に違いますからね！」

そう何度も言うけれど、青木さんは笑ってばかりで取り合ってくれない。

ううっ。社内ではあまり聞かない方がいいのかもしれない。

「まあ、それよりも、企画書はもう出したの？　早瀬ちゃん、去年の今ごろは死にそうになってたでしょ？　今年はもう終わったんだ？」

ひとしきり笑って満足したのか、青木さんは目元を擦《こす》りながら話題を変えた。

私はきょとんとして首を傾げる。

「え、企画書……ですか？」

「新商品の企画書よ。締め切り明日でしょ？　やだ、もしかして忘れてたの？」

新商品……企画書…………締め切りは明日？

はっと気付き、壁のカレンダーを掴《つか》みかかる勢いで確認する。

今日は第三木曜日……明日は金曜日！

「あ、あああー!!」

私は完全に企画コンテストのことを忘れていたのだった。

この会社では、入社から五年以内の社員は全員、毎年行《おこな》われる『新商品企画コンテスト』への参加が義務付けられていた。

入社三年目の私ももちろん強制参加。そして、毎回苦戦している。

「ど、どうしよう……」

「やっぱり忘れてたんだ？　まあ、明日の朝一に社長が確認するんだから今日中に出せば大丈夫よ。終業時間まであと三十分あるんだし」

私は今年で最後なのよ、と嬉しそうに話す青木さんは入社五年目だ。

発送処理の終わった納品書の控えを手渡しながら、そんな彼女を恨《うら》みがましく見つめる。

「さ、倉庫の鍵しめちゃうわよ。ここに残る？　残らない？」

「残りません！　戻ります！」

私は急いでデスクの上のファイルを持ち、青木さんを小走りで追いかけた。

早く戻って新商品を考えなければ――

「そうだ、知ってる？　この倉庫って深夜零《れい》時すぎると出るんだって！　この前、岩崎《いわさき》課長がさ、倉庫の奥でシクシク泣く女性の声を………」

青木さんの話に適当に相槌《あいづち》を打ちながら、私はがっくりとうなだれる。どうがんばったってあと三十分で新商品を考えるなんて無理だ。でも企画書が完成するまでは帰れない。

なんでもっと早く思い出さなかったんだろう……自分の間抜けさにため息を吐いた。

「あーこんなんじゃ、だめだー」

ノートを破り、くしゃくしゃに丸めてゴミ箱に投げた。けれど、そのゴミは見事に外れて床にぽとりと落ちる。

「ああ、もうっ」

取りに行くのも面倒で、私は頭を抱えてデスクに突っ伏した。

セミロングの邪魔な髪を束《たば》ねていたクリップを外すと少しだけ頭が軽くなる。それでも、思い付かないものは思い付かない。

「このままじゃ、帰れない……」

腕時計を見ると時刻は午後八時半。商品管理部のフロアにはすでに誰もいない。

真っ白なノートを見つめながら、私は青ざめた。

「何も思い付かない……どうしよう、どうしよう……今日提出しないと間に合わないのに……」

焦れば焦るほど考える能力が消えていく気がする。缶コーヒーに手を伸ばしたけれど、中身は空《から》っぽだった。しかもこれで三本目。

空腹の中コーヒーを飲むのもキツくなってきた私は、デスクの引き出しを開けて隠し持っていたチョコレートを一粒、口に放り込んだ。少しビターでほんのり甘いチョコレートが口の中でゆっくりと溶けていく。

ふと窓に視線を移すと、ちらほらと白い物が降っているのが見えた。

「う、嘘でしょ、雪降ってる！」

急いで窓に駆け寄り額を付けると、ひんやりとしたガラス窓の向こう側は、いつもの見慣れた景色ではなかった。街路樹や道路は、すでに真っ白な雪化粧《ほどこ》が施されている。

私は目をつむり、履いてきた靴を思い返す。

最悪……今日はスカートに合わせて新しく買ったパンプスで来たんだっけ。

この辺は雪が降ったとしても、めったには積もらないけれど。

「絶対、帰るまでに五回は転ぶ……新品の靴なのに……」

そこでさらに、置き傘はこの前の雨の日に同期の友人に貸したまま返ってきていないことを思い出した。

コンビニまで、新品の靴で走って傘を買う自分を想像すると、背筋に悪寒《おかん》が走った。

「……天気予報の嘘つき！」

けれど、雨が降ろうが雪が降ろうが、私は企画書を提出しなければ帰れない。いっそのことこのまま社内に泊まれば、雪の中を転びながら帰ることはせずに済みそうだけど。

私はぶんぶんと頭を振ってその考えを追い払った。

「こんな寒さの中会社に泊まったら凍死する……」

膝かけに使っていたストールを身体に巻き付け席に戻る。

残業届を事前に出していなかったので、社内のエアコンは八時に自動で切れていた。じわじわとフロアが寒くなってきている。早く企画書を提出して帰らないと、本当に凍え死ぬかもしれない。

「今日に限って雪が降るなんて、どうしてこう運が悪いんだろう。運命の男性も、全然見つからないし……」

運命の相手の条件を聞いた時、そこまで条件がわかってるなら見つけるのも簡単だと思っていた。実際、この二週間で右手の甲にホクロがある人を社内で四人も見つけた。

しかし、未だにすべての条件を満たす運命の相手は見つけられていない。

「水晶玉さん、私の運命の人を探すの、手伝ってくれないの？」

無色透明の水晶玉を見つめながら、うっすらと映《うつ》る自分と目を合わせた。

「ねえ、私の運命の人は一体どこにいるの？　いじわるしないで教えてよ」

……水晶玉は何も答えてはくれない。

でも、その代わり――

「あ、閃《ひらめ》いた！」

丸い水晶玉、雪……雪だるま！

さっそくノートに雪だるまの絵を書いてみる。絵心のない私の書いた雪だるまは、どこを向いているのかわからない目をしていた。けれど、絵心のなさを文章でカバーすれば企画書としてはギリギリ通るだろう。

「キャップの部分に雪だるまのキャラクター。カラーペン、ボールペン……シャープペンシルにしてもかわいいかも。人型なら赤ずきんちゃんとか、マトリョーシカっぽく……うん、猫だるま、ウサギだるま……動物でもいいよね………」

むくむくと色々な案が思い浮かび、どんどんペンが走っていく。

「ええと、対象年齢は、女子中高生くらいかな？」

かわいいものが大好きで、集めて自慢したくなる年頃を対象年齢に設定し、部署名と名前を書き記す。

「やった。企画書ができた！　帰れるっ」

水晶玉、ありがとう！

ちゅっとお礼のキスをしてから水晶玉をバッグにしまい、更衣室に駆け込んで着替えた。

鼻歌を歌いながら廊下の途中にあるポストに企画書を提出し、エレベーターのボタンを押す。

そうだ、帰りにケーキを買って帰ろう！　この時間なら駅前のケーキ屋でタイムセールをしているはず。

暗い廊下に一筋の光が差し込み、エレベーターの扉が開く。

「モンブランと、チョコケーキ！　あとシュークリームも食べちゃおう」

嬉しさを隠し切れず二回転しながら乗り込み、一階のボタンを押そうと手を伸ばすと、操作パネルの前に先客がいた。

途端、身体に緊張が走る。

「わっ、す、すみません。お疲れ様です……」

なるべく顔を見せないようにしようと俯《うつむ》いた。でも、たぶんきっと、もう遅いけれど……

「お疲れ様」

何の感情もない声で返された。

先客がこの人ではなく他の人だったら、誰もいないと思い込み、くるくる回った自分を笑って誤魔化《ごまか》すことができたかもしれない。

でも現実はそうはいかない。なんてったって、先客は営業二課の島崎《しまざき》課長だったのだから。

見た目からして怖い黒髪オールバックに、一寸《いっすん》の乱れも見られないダーク系のスーツとネクタイ。何が入っているのかわからない重そうな鞄《かばん》はぴかぴかの黒革で、反対側の腕には漆黒のコートをかけている。

胸ポケットからピストルが出てきてもきっと驚かない。暗殺者だって言われれば、なるほど、と妙に納得してしまう迫力があるのだ。

銀縁メガネの奥で光る冷たい瞳は、何を考えているのかまったくわからない。そればかりか、たったひと睨《にら》みで私を凍りつかせる。

とにかくまとっているオーラが半端なく怖い人。

今も、背中にモノサシでも入れてるんじゃないかってくらい直立不動。私がちょっとでも反対側の足に重心を変えただけで、エレベーターを揺らすなと睨まれそうだ。

部署は違うし接点もないため、片手で数えるくらいしか話したことがないけれど、見た目や雰囲気が私の苦手なタイプ――つまり、不機嫌でいつも怒っていそうな人という印象。

だって、眉間《みけん》に皺《しわ》を寄せて書類を睨んでいるか、腕を組んで仁王立ちしながら睨んでいるかのどちらかしか見たことがなかったから。

さっき一瞬だけ目が合った時も、眉間に深い皺を刻んでいたのを私は見逃さなかった。

見た目通り、仕事に関してはものすごく厳しいと噂《うわさ》で聞いていた。三十代前半で、数年前に課長になってからは特に厳しくなったらしい。それなのに、よくわからない人気がある。

青木さんなんかは、すれ違うと「イケメンご馳走《ちそう》様」なんて呟《つぶや》きながら目で追っていたけれど、こんな怖そうな人のどこがいいのか、私にはさっぱりわからなかった。

身長が高くて威圧感があり、並んで立つと教師に叱られている生徒のような気分にさせられる。ふと昔の嫌な記憶が過《よぎ》り、私はぎゅっと目をつむった。

こんな密室で一緒にいると、眩暈《めまい》がして吐きそうになる。

お互い黙り込んでいるせいか、エレベーター内の空気が重い。けれどこれといって振る話題もない。いや、振りたくもない。

早く一階に着いてくださいと心の中で何度も神様に祈り、数十分かと思われるほど長く感じた数十秒後、エレベーターはやっと一階に到着した。

緊張しすぎて頭が痛くなっていた。スマホを握る指先の感覚もない。

ずっと止めていた息をふーっと吐き、ちらりと島崎課長の足元を見た。

けれど、扉が開いたのに島崎課長はなぜか降りようとしなかった。それどころか刺すような視線を感じる。一歩後ろに立つ私のことをじっと見ている気がしてならない。

今すぐにでも走って逃げたかったけれど、入社三年目の下っ端《ぱ》が課長より先に降りるわけにもいかず、ヘビに睨《にら》まれたカエルのように、課長が降りるのをじっと待った。

「降りないのか?」

「え?」

驚いて、ついヘビ……ではなく島崎課長と目を合わせてしまった。

一度合うと、もう視線を外せなくなる。

「は、はい、降ります……けど、お先に、どうぞ……」

なんとか声を絞り出したけれど、しどろもどろになってしまった。

ああ、やっぱだめ……

威圧感に耐え切れず、少しだけ視線を外し、島崎課長のネクタイを凝視する。

すると静かなエレベーターに、はあ、とため息が響く。

もちろん私のではない。何か島崎課長の機嫌を損ねることでもしたのだろうか。寒いのに、汗が背中を流れた。

「ボタンを押してるのは俺だから、君が先に降りなさい。でないと、君が扉に挟まれることになる」

「え……あっ」

よく見ると操作パネルの前に立っている島崎課長が開くボタンを押しながら、私が降りるのを待っていた。

相変わらず無表情で何を考えているのかわからなかったけれど、いつまでも降りない私にイライラしているのだろう。

「……あ、えっと、すみませんっ」

これ以上怒らせてはいけない。そう思って急いでエレベーターを降りると、たるんでいたカーペットに足を取られた。

「きゃあっ」

一階はすでに電気が落とされていて、足元がよく見えなかったのだ。

焦りもあってか、宙に浮いたままの片足が前に出ない。床に叩きつけられる覚悟を決めて目をきゅっとつむったけれど。

「そこまで慌てなくてもいい」

痛みが来る前に耳元で声が聞こえた。背後から手を引かれ、気付いた時には島崎課長の腕の中にいた。

「暗いから気を付けて」

耳元で囁《ささや》かれ、驚いて振り返ると間近で目が合う。

爽やかなミントの香りが感じられるほど、近い。

「ご、ごめんなさい……」

それしか言えなかった。

島崎課長は無言で私を離すとエレベーターから降りた。

扉が閉まり、辺りは一気に暗くなる。

心臓がドキドキとうるさいのは、驚いたからなのか怖いからなのかわからない。

呆然と立ち尽くしていると、島崎課長がしゃがんで何かを拾っていた。

「落としたぞ」

それは、さっきまで私が持っていたスマホだった。落ちた拍子《ひょうし》に画面の明かりが点灯し、猫のイラストの待ち受け画像が表示されている。

「あ、すみませ――ひぃっ」

スマホの明かりを下から受けた島崎課長の顔が、暗闇の中でぼうっと浮き上がった。

「な、生首!?」

びくっと震えて一歩後ずさる。スマホの明かりが消えると、辺りは再び暗くなった。

よくよく見ると首の下にはちゃんと身体が付いている。濃い色のスーツが闇に同化していて、なかなか見分けがつかなかったけれど。

島崎課長は眉間《みけん》に皺《しわ》を深く刻むと、私に近付きスマホを握らせた。

「大丈夫か？」

「は、はい……」

課長の手は温かかった。私の指先は緊張して冷たくなっていたらしく、触れたところが熱くてその温度差にまた驚く。

そうか、手が温かい人は心が冷たいって言うしなぁ。なんて、放心状態でそんなことを考えていたら、いつの間にかビルの入り口に辿《たど》り着いていた。

今日は色々なことがありすぎて頭が追い付かない。早く帰りたい。

「うわぁ、雪降ってたんだっけ」

思わず呻《うめ》いて空を見つめる。雪は窓から見た時よりもひどくなっていた。

凍えるのを覚悟して歩いて帰るか、転ぶのを覚悟して走って帰るか——そんなことを考えながらしばらく立ち尽くす。

「傘がないのか?」

「えっ?」

いつの間にか私の横に島崎課長が立っていた。

気配がまったく感じられなかったので、てっきり裏口から出たのかと思っていた。

「傘を忘れたのか?」

馬鹿な子を相手にしているかのように、島崎課長は言い方を変えただけの同じ質問をする。

「あ、あの……いえ、大丈夫です」

質問に対しての回答になっていないけれど、ないと言って、万が一駅までご一緒することになったら、私はきっと緊張と恐怖で死んでしまう。

焦りながら言うと、島崎課長は鞄《かばん》の中から折り畳み傘を取り出した。

「傘がないのだろう？　これを使っていい」

「で、でも、そしたら島崎課長が……」

島崎課長は一瞬驚いた顔をしたあと、再び眉間《みけん》に深い皺《しわ》を刻んだ。

「俺は今日、車だから問題ない――足元に気を付けて」

有無を言わさず傘を手渡され、受け取ってしまった私にそう言い残すと、島崎課長は大股で駐車場に行ってしまった。

「あ、あのっ……あ、ありがとうございます！」

呆気に取られてしばらく硬直していた私は、お礼を言っていなかったことに気付いて大声で叫んだ。聞こえたかどうかはわからない。数秒後に車のドアが閉まる音が聞こえた。

「もしかして……」

傘を貸してもらえたのは幸運？

「でも、明日返さなきゃいけないんだよね……ってことは島崎課長に会いに行かなきゃいけないんだ」

ちょっと……いや、かなり嫌だ。

あの眉間の皺、怒ったような口調、ただ話しているだけなのに怒られている気分にさせるほどの威圧感。

「はぁ……」

やっぱり、イイコトなんて何もない。

「私の運命の人はどこにいるんだろう……」

紺色の折り畳み傘を差してとぼとぼと歩き出す。

帰りに駅ビル内のケーキ屋さんで半額になったケーキを買うことはできたけれど、そのあと結局、二回転んでしまい、家に着いた頃には箱の中のケーキは見るも無残な姿になっていた。

しかも――

「わあぁ……ど、どうしよう。殺される……」

転んだ拍子《ひょうし》に傘の骨を折って壊してしまったのだ。よりによって島崎課長に借りた高そうな傘を。

「新しいの買って返さなきゃ……同じのあるかなぁ……」

3

倉庫と本社を繋ぐ渡り廊下からは、敷地内に植えてある桜の木が見える。この桜が咲くと、各部署でお花見をするのが毎年の恒例だった。

商品管理部は夜ではなくお昼休みに行《おこな》っていた。業務中なので酒類は出ないものの、お寿司やチキン、サンドウィッチなどをケータリングして、しかもお土産《みやげ》に三時のおやつもついてくる。

桜の蕾《つぼみ》は日に日に膨らみ始めていた。あと数週間もすれば花びらが舞い始める。私はこの時期になると、桜はいつ咲くのだろうか、お花見はいつするのかとそわそわしていた。

「前方確認、人の気配なし、と」

でも今、私はそれどころではない。

背中を壁側に向け、カニ歩きで渡り廊下を進む。目指すは本社の三階、商品管理部のフロアだ。

「早瀬さん、どうかしたの？」

「あ、いえ、あはは……お疲れ様ですー」

誰かとすれ違うたびに不思議そうな顔をされたけれど、私は絶対に、誰にも背中を見られるわけにはいかなかった。

「エレベーターの方が早いけど、誰かと乗り合わせるかもしれないよね……」

そう思って私は階段を選んだ。前からも後ろからも人が来ないことを確認すると、私は一気に階段を駆け上がり、折り返し地点である踊り場の壁に背中を預けた。

「まさか、こんなことになるなんて……」

自分の不運を嘆《なげ》かずにはいられない。香川さんに言われた時は、この世から消えてなくなりたいと思ったくらいだ。

「とりあえず、一刻も早くコレをなんとかしないと」

さながら忍者のごとく、耳を澄ませて周囲を探り、人の来ないタイミングを見計らう。しかし、あとちょっとで商品管理部のフロア、という所で思わぬアクシデントに見舞われるのが私なのだ。

「何をしている?」

聞き覚えのある声に、冷や汗が流れる。ゆっくりと顔を上げた視線の先にはやはり――

「げえっ!」

そこにいたのは島崎課長だった。

「どうかしたのか？」

「あ、あの、あの……えっと」

身体が勝手に後ずさり、階段を一段踏み外してしまう。とっさに片腕を伸ばして手すりに掴《つか》まり、下まで落ちることは免《まぬか》れた。けれどピンチなことに変わりはない。

「あの、お、お疲れ様です……」

こんなところで、島崎課長に会うなんて！

どうやって逃げようかと頭をフル回転させるけれど何も思いつかない。

「どうした？　気分でも悪いのか？」

島崎課長は駆け足で下りてくると、硬直している私の前に立った。

「いえ、あの――」

その視線が、私の顔から肩を辿《たど》り腰辺りに向けられる。それから眉をひそめ、何か難しいことを考えているように口を引き結んだ。

ばれたのだろうと思った。万事休す……視線を逸《そ》らして俯《うつむ》き、スカートをぎゅっと掴《つか》む。

「早瀬君――」

「な、何も隠してません！」

パニックに陥《おちい》ってしまった私は、島崎課長の言葉を途中で遮《さえぎ》って叫んだ。はっと気付き、失礼な態度を詫《わ》びようとして顔を上げると、驚いている島崎課長と目が合う。

「……何かを、隠しているのか？」

島崎課長は目を細め、ほんの少しだけ首を傾《かし》げた。

「え？」

あれ、もしかして気付かれてなかったの？　私、墓穴を掘った？

「ああ、あの、あのっ！」

今さら気付いたって遅い。私が何かを隠していると確信したらしい島崎課長は眉間《みけん》に深い皺《しわ》を刻んだ。私から天井の明かりを遮《さえぎ》るように立ち、腕を組む。

「早瀬君」

「な、なんで、しょうか……」

「今、自分で何も隠していないと言ったな？　ならば手を出して見せてみなさい」

「いや……その、それが、できないわけがありまして……」

この手を離したら、私は一生分以上の恥をかくことになる。だから誰に何を言われても手を離すわけにはいかない。

「どうしてだ？」

かつ、と靴が鳴り、島崎課長が私との距離を詰める。ただでさえ暗い階段なのに、完全に光が遮られてしまった。

「正直に話しなさい。ここには俺と君しかいない。誰も見ていない」

島崎課長は声を落とし、私だけに聞こえるように耳元で囁《ささや》いた。

「だ、だから、私は……」

島崎課長の顔を見上げる。この目は見覚えがあった。私がまだ中学生だった頃のこと。ことあるごとに私を疑いの眼差しで見る先生と同じ。苦々しい記憶が脳裏を掠《かす》め、私はごくりと唾を呑み込む。きっと島崎課長も、私が何かを盗んで隠していると思っているに違いない。

いつも、そう……何も悪いことなんてしてないのに、どうして私だけがこんな目に遭わなきゃいけないの？

目頭が熱くなり、唇を噛んでぐっと涙を堪《こら》えていると――

「おーい、早瀬ちゃんいるのー？」

階段の上から青木さんの声が聞こえた。

「スカート大丈夫？　さっき香川さんから内線があって、スカートが破れてパンツ丸見えの早瀬ちゃんが戻ったから面倒見てって言われ――わ、島崎課長!?」

針と糸を持った青木さんが、私たちの様子に気付き立ち止まった。

「二人とも、どうしたんですか？」

私の隠しごとは、いとも簡単に青木さんによってばらされた。

何かを盗んだと疑われるのは嫌だったけれど、スカートが破れているのを知られるのはもっと嫌だった。私が真っ赤になって俯《うつむ》いていると、目の前で大きなため息が零《こぼ》れた。

「それを早く言いなさい」

小声で囁《ささや》くと、島崎課長はスーツの上着を脱ぎ、私に差し出した。

「え？　あの……」

「これで破れたところを隠せば、少なくとも階段から落ちる心配はないだろう」

驚いて、片手を出してしまった私に上着が押し付けられる。受け取ったのを確認すると、島崎課長は踵《きびす》を返して階段を下りて行ってしまった。

「すまなかった」

去り際《ぎわ》に、そんな言葉を残して。

私は呆然とその後ろ姿を目で追うことしかできなかった。

「早瀬ちゃん？」

青木さんに声をかけられ、はっと我に返る。

「どうしたの？　声が聞こえたから迎えに来たんだけど……大丈夫？」

「だ、大丈夫です。でも、どうしよう。上着、貸してもらっちゃいました」

「良かったじゃないの。そのまま更衣室に行きましょう。まずはそのスカートをどうにかしなくちゃ」

青木さんに促《うなが》され、私は島崎課長の上着を腰に巻いて階段を上がった。

ああ、どうしよう……スカートが破れていたことを、あの島崎課長に知られてしまった。恥ずかしすぎる。しかも盗難を疑われたあげく、必死になって隠していたことまで知られて呆れられた。

「もう、嫌……」

ぽつりと呟《つぶや》くと、青木さんが楽しそうな顔で振り返った。

「倉庫で作業してて制服のスカートを引っかけるなんて、早瀬ちゃんくらいなものよね」

「はい……」

私はがっくりと肩を落とした。

「しかも島崎課長にばれちゃうなんて、恥ずかしい思いしたわねぇ」

それを楽しそうに話す青木さんに思わず不満をぶつける。

「青木さん、ひどいです。青木さんがばらしちゃったんじゃないですか！」

じとっと睨《にら》むと、青木さんはにやにやと嬉しそうに笑う。

「裁縫の苦手な早瀬ちゃんの代わりにスカート縫《ぬ》ってあげるのよ？　これくらいの意地悪させてよ」

「ううっ……」

今日も、イイコトなんて何もない。

それを裏付けるかのように、最悪な出来事はそれから数時間後のランチタイムに起こった。

とっくに忘れていた新商品企画コンテスト。その結果が掲示板に張り出されていたのだ。

「ちょっと見て見て！　早瀬ちゃんの名前が載ってるよ！」

「え？」

掲示板の前を通り過ぎようとした私の腕を掴《つか》み、青木さんが立ち止まる。

大抵は営業部や企画部所属の人の案が採用されていて、私には関係ないといつもスルーしていたのだけど――

「う、嘘……」

そこには、私の名前が大きく書いてあったのだ。

「わお、すごいじゃないの！」

「え、本当に私？」

人をかき分け、掲示板に近付き、まじまじと見る。

商品管理部、早瀬香織……名前の横には新商品案の簡単な説明文と、優秀賞・商品化決定と書いてある。確かに私の名前と、私が考えたものだった。

「ど、どうして……」

これを思いついた時は我ながら名案だと思った。売っていたらきっと買っちゃうだろうな、なんて自己満足な思いもあった。

だけど、本当に私の作品が選ばれるなんて――

「もしかして……」

そうだ、あの時は水晶玉に聞いたのだ。そしてすぐにこれを思い付いた。

やっぱりこれって幸運を招き寄せる水晶玉のおかげ？

「早瀬ちゃーん、食堂混むから行くよ？」

「あ、はい。すぐ追いかけますので先に行っててください」

本当に、私が選ばれたんだ……

じわじわと実感が広がり、何度も何度も掲示板の名前を読み返したあと、いそいそとポケットからスマホを取り出して証拠の写メを撮った。家に帰ったら家族に自慢しよう。

「――で、今度は誰の企画を盗んだわけ？」

嬉しさに浸《ひた》っていると、そんな声が私の耳に届いた。

振り向くと、そこには私の同期、小林《こばやし》千尋《ちひろ》が立っていた。

営業部営業二課に所属している小林さんは、女性社員共通の制服ではなく自前のスーツ姿。営業部は外回りが多いために制服は着用せず、それをいつも自慢げにしていた。

そして、入社当時から私の天敵でもある人物だ。

今も腰に手を当てて高圧的に私を睨《にら》みつけている。

「べ、別に盗んでなんか……人聞きの悪いこと言わないでよ」

小林さんが『盗んだ』と言ったせいで、周囲がざわついた気がした。

「私、ちゃんと自分で考えたよ！」

「ふん、そうやってムキになるのが怪しいのよね。前科だってあるじゃない。一昨年《おととし》のコンテストで私の企画の真似したくせに」

「し、してない！　あれは本当に偶然で――」

「でも偶然にしては似すぎじゃない？」

「わ、私は本当に……」

他の人も聞いているというのに、小林さんはどうしてこんなところで言うの？

「じゃあ、私が早瀬さんの案を盗んだって言うの？　私の方が先に提出したのに？　疑わしいのは早瀬さんの方でしょ」

そう言われてしまえば何も言えなくなる。だって証拠は何もないのだから。

「で、でも……私は………」

気が強く、物事を躊躇《ちゅうちょ》なく言える小林さんとは入社当時から馬が合わなかった。彼女の方も、すぐに黙ってしまう私のことを嫌っているふしがある。いつからか、何かにつけて私に文句や嫌味を言ってくるようになっていた。

「ほら、何も言えないじゃない」

一人っ子のせいか口喧嘩《げんか》の経験がない私は、こうしていつも言い負かされてしまうのだ。

内容が似ていたことは提出したあと、同期との飲み会でお互いの企画を教え合って一度話題になっただけ。企画書の内容さえ見せていない。それなのに、小林さんは真似をされたとずっと言ってくる。

「私は……本当に……」

はっきり否定するべきなのに、うまく言葉が出てこない。

これじゃ肯定するのと何も変わらないのに、何て言えばいいのかわからない。じわじわと目頭が熱くなる。

「みんな、ちゃんと真面目に考えて提出してるのに、ほんと、ずるいわよね！」

俯《うつむ》くと、勝ち誇ったような小林さんの声が一段と大きくなった。

「だいたい、早瀬さんは――」

「小林君、こんな所で何をしている？」

この声は――

「あ、島崎課長……」

緊張したように小林さんがその名を口に出した。

「長谷川《はせがわ》はもう外出したぞ。現地集合と聞いたが、一時からの打ち合わせはいいのか？」

「すみません、今行きます」

焦ったように小林さんは急ぎ足で去り、同時に短く貴重なランチタイムを思い出した周囲も食堂へ移動していく。

あらぬ疑いをかけられた、みじめな私をひとり残して。

耳が熱くなり、恥ずかしさで目に涙が浮かぶ。ぐっと下唇を噛んで瞬《まばた》きを繰り返し、どうにか堪《こら》えた。滲《にじ》んで見える足元には、まだ島崎課長の靴がある。

この前からタイミングが悪すぎる。スカートが破れた時といい、今といい、どうしてこんな時にばかり現れるの……

靴の向きから、島崎課長がずっと私を見下ろしていることには気付いていた。頭のてっぺんにあるつむじに視線が突き刺さっている。

だから顔が上げられない。逃げたいのに逃げ出せない。

どうしよう。どうするべき？　島崎課長がいなくなるのを待っていればいい？　それとも私が先にこの場から消えた方がいいの？　色々考えすぎてわけがわからなくなった頃、島崎課長が口を開いた。

「この企画は毎年あるんだ、必ず数人は似たような案を出す。だから……君も気にするな」

「はい……」

島崎課長は、やっぱり私と小林さんのやりとりを聞いていたのだ。何も言い返せないでいた私のことも見ていたのだろう。

「……では、失礼しますっ」

居たたまれなくなった私は、顔を見られないようにぐっと頭を下げて、その場から小走りで逃げ出した。そして、すでに食事を始めていた青木さんの隣に滑り込む。

私の企画商品が選ばれたりしなければ、あんなふうに大勢の前で小林さんに盗作を疑われることもなかった……どこまで運が悪いのだと沈んでいると、青木さんが嬉しそうに振り返った。

「よかったねー早瀬ちゃん。あれ、残業して何時間も考えたやつでしょ？」

「え？　あ、はい……」

「がんばったらがんばった分だけ報われるんだよ。いいこいいこ」

そう言いながら、私の頭を撫《な》でてくれる。

がんばった分だけ報われる……その言葉がじわりと胸の奥に染みこんでいく。本当に、そうなのだろうか。

あの企画は、私が何時間もかけて考えたものだ。盗作なんかしていない。そのことをわかってくれる人は、ちゃんとわかってくれている。そう思ったら止まったはずの涙が目に浮かんだ。

「やだ、泣いてんの？　そんなに嬉しかったのかーよしよし、良かったねぇ……あ、島崎課長発見！　今日は二回も見ちゃった、やーんラッキー！」

そんな青木さんの声でピタリと涙が止まる。

「なんかここ最近、島崎課長をよく見かけるの。偶然かしら、それとも運命だったりして！」

「……うんめい？」

冗談まじりに話す青木さんの言葉が妙に引っかかった。

簡単に見つかると思った私の運命の人は、今もまだ見つかっていない。そっと振り返り、島崎課長の後ろ姿を盗み見る。

最近よく島崎課長に会うのは確かだけど……まさかね……？

それから一週間後、新年度からの人事異動が発表された。ちなみに私は異動願いなんて出してない。それなのに――

「そ、そんな……これはどういうことですかっ⁉」

「いやね、この前賞を取った早瀬君の企画商品、営業部長の飯田《いいだ》さんがえらく気に入ってね――」

商品管理部の部長から手渡された辞令を見て、私は気を失いそうになっていた。

「今の営業部には若い女性の意見も必要だとかで、ぜひにと言われたんだ。こちらとしては、がんばってくれている早瀬君を取られると困るんだがね」

そう言いながらも笑っている部長は、全然困っていないように見える。

「ま、四月からがんばってくれたまえ。君ならできると信じているよ」

肩を叩かれ、話は終わりと言わんばかりに部長は香川さんを呼び付け、仕事の話を始めた。

手渡された辞令を見つめながら、私はふらふらと自分の席に戻り、椅子に崩れ落ちた。

「早瀬ちゃん、どうしたの？」

隣の席の青木さんが私の手元を覗《のぞ》く。

「あら、人事異動？　営業部の営業二課……島崎課長のところじゃないの！」

そう、よりにもよって――

「花形営業部！　うっそ、羨《うらや》ましいわー」

「じゃあ、代わってくださいよっ」

こんなのってない！　やっぱり私、どうしようもならないほど不運の持ち主《ぬし》らしい。

これからずっと、島崎課長に睨《にら》まれて、小林さんに嫌味を言われながら仕事をするの？

意地悪な小林さんのことだ、私が座ろうとした椅子《いす》を引いて、転ばそうとするかもしれない。私は気付かず床に尻餅をついて笑われたあげく、座ろうとしたキャスター付の椅子は、その拍子《ひょうし》にコロコロとどこかに行って、偶然島崎課長にぶつかったりするかもしれない。さらに課長がこけそうになって飯田部長の頭部を掴《つか》んで、カツラがスポーンと飛んじゃったりなんかして。

いや、あの髪の毛がカツラだっていうのはただの噂《うわさ》だけど……そっか、その噂が私の手によって真実になるんだ。

怒り狂った部長に怒られて、島崎課長には睨《にら》まれて、小林さんにザマミロって笑われて……

そのうち会社にいられなくなって辞表を提出するのだろう。

それが、私が想像できうる最悪の事態。

……うわぁ。

なくはない。なくはないっ！

「このままじゃ、仕事がなくなる！」

このままじゃいけない！　早く運命の男性を見つけないと、とんでもないことになってしまう！

「それだけは嫌！　絶対に！」

私の幸《さち》ある未来のために、今がんばらないでいつがんばるの⁉

そう思った私は、立ち上がり決意を込めて拳《こぶし》を振り上げた。

「やだ、大丈夫……?」

驚いた顔をした青木さんと目が合った。


それからあっという間に三月が終わり、四月一日、私は新品のスーツに身を包み、営業部のフロアに立っていた。

ずっと制服を貸与《たいよ》されていたから、営業部への異動は色々と準備が大変だった。外回り業務が主な営業部では、制服ではなく自前のスーツが必要となるからだ。

学生時代のリクルートスーツではどうにもならず、この数週間でかなり散財するはめになった。

私服で通勤していた時とは一変、スーツは堅苦しくてまだ慣れない。

「商品管理部から異動してきました、早瀬です。よろしくお願いします……」

「そうやって並ぶと新入社員と一緒ね……」

小林さんの嫌味に、営業部の飯田部長を含め数人が小さな笑いを零《こぼ》す。

幸か不幸か――いや不幸なことに、他部署から移動してきたのは私だけで、横に並ぶ他の三人は新入社員。自己紹介と称して部長に紹介されている途中なのだ。

「ここにいる早瀬君は、先月の新商品企画コンテストで見事に優勝したんだ。商品管理部にいたんだが、それが縁で私が引き抜いてきた――」

自慢げに話し始める飯田部長の言葉に冷や汗が止まらない。

「みんなも彼女を見習って、消費者の立場で新商品を提案してくれ。そういうわけで、今後の活躍を大いに期待してるよ、早瀬君！」

「は、はいっ」

「引き抜きってすごいですね、早瀬センパイ！」

「あはは……そんなこと、全然ないよー」

新入社員からの羨望《せんぼう》の眼差しがちくちく痛い。

今日までの間、私は死に物狂いで運命の男性を探した。にもかかわらず、それらしい人はひとりも見つからなかった。最悪な事態になるのも時間の問題かもしれない、ということだ。

ああ、もう、どうしよう……

私のために用意されたデスクの端に水晶玉を置き、はぁ、とため息を吐いた。

島崎課長が率いる営業部の営業二課は、大手スーパーや、大型文房具店を相手に営業活動を行《おこな》っていて、それとは逆に一課は商店街などにある個人経営の文房具店を顧客として扱っていた。

初めての営業部でいきなり外回りをしろということはなく、まずは慣れるためにと見積書や請求書の作成――要するにデスクワークをしていた。

そこまでパソコンが得意ではない私は、作成手順を覚えるだけでも大変な作業だった。

しかも私の席は島崎課長の隣で、ふと視線を感じて顔を上げるとよく目が合う。

そうなると、意識しすぎて緊張が高まり、小さなミスを繰り返してしまうのだ。

あのメガネの奥の目が怖い。何を考えているのかわからない無表情が私をいつも緊張させる。

作成した見積書を渡す瞬間は生きた心地がしなかった。

「……早瀬君、また消費税が抜けているぞ。作り直しだ」

「え、あ……す、すみません」

やり直しを命じられた書類を震える手で受け取る。その時、島崎課長と目が合った。

課長は何か言いたげに口を開き、少し間を置いてからため息を吐いた。

どうしてこんな使えない奴が部下になってしまったのか――きっとそう思っているのだろう。

……そんなの、私が聞きたいくらい。

思わぬ評価のせいで、私は楽しかった商品管理部から地獄の営業部に異動させられた。

仕事ができるわけでもないのに、エリート揃いの営業部なんて、私には荷が重すぎるというのに。

これ以上どんな不幸が待っているのか、考えるだけで恐ろしかった。

「はぁ……」

肩を落としてデスクに戻りパソコンに向かう。とはいっても、課長の席からわずか数歩の距離だけれど。

外出してくれないかなぁ……

課長が外出している時は、緊張しないので集中して仕事ができる。もちろんミスだって少ない。

出かける様子のない課長の気配を感じながら、私はパソコンの画面に映《うつ》る見積書に消費税を入力した。

そんなこんなで数日後の週末、新入社員と私の歓迎会が行《おこな》われた。

「さあ早瀬さん、もっと飲んで飲んで！」

「誰の歓迎会だと思ってんの？　ほらほら」

「あ、ありがとうございます……」

お酒はあまり強くないのに断りきれず、何度目かのビールがグラスに注《そそ》がれる。

落ちついた商品管理部とはノリが違って盛り上がる中、私はだいぶ飲まされた。すさまじい酒豪らしい飯田部長の隣に座ってしまったため、一時間もするとかなり酔いが回っていた。

部長の武勇伝に相槌《あいづち》を打ちながら、早く帰りたいと思っていたら、いきなり周囲から歓声が上がる。

「島崎課長の登場でーす！　遅いですよー課長！」

聞こえてきたその名前に、私は身体を丸め、隠れるように縮こまる。

どうか向こう側の席に座ってくれますように……。そう心から願った。

「島崎君、待ってたよ。さあさあこっちに来て。早瀬君、お酌してあげて」

「え、ええっ⁉」

けれど、私の願いはその部長の一言で簡単に打ち砕かれた。

島崎課長は部長の前に座ると、空《から》のグラスを手に持つ。

「お、お仕事お疲れ様でした」

私はテーブルに身を乗り出し、ビールの瓶を傾《かたむ》けた。手が震えて瓶とグラスが当たり、カチカチと音が鳴る。

零《こぼ》さないように注がなくては――

そんな思いが、あろうことか私の手を滑らせた。瓶が手から離れ、テーブルに落ちたのだ。

「すみません課長！」

急いでおしぼりでテーブルを拭《ふ》くと、そのはずみでお通しの小鉢がひっくり返った。

「わああっ」

私はもうパニック寸前だった。

「すみませんすみませんっ」

「早瀬君、落ち着きなさい。これくらいは問題ない」

冷静にテーブルの上を片付ける島崎課長は怒っているのか呆れているのか、それとも何も思っていないのかわからない。

「おしぼりを頂けますか？」

通りかかった店員を止めて、いつもの無表情で言う。

「ほんとうにすみません……」

やってしまった。またやってしまった。やってはいけないところで、私は——

「まああ、島崎君も大丈夫だって言ってることだし、ささ飲んで飲んで！」

「はい……」

部長に勧められるままに、私はビールを飲んだ。

飲んで忘れてしまいたかった。今の出来事も、これまでの失敗も。

「ぷはっ」

「いい飲みっぷりだね、早瀬君」

「お、恐れ入ります部長っ」

空《から》になったグラスに再びビールが注《そそ》がれる。

――まともに記憶があったのはここまでだった。


「ちょっと、真《ま》っ直《す》ぐ歩きなさいよ！　なんで私が、同期だからってあなたの面倒見なきゃいけないのよ……」

小林さんに腕を引かれ、私は店の外に連れ出されていた。

「外、涼しい」

「ったく、今タクシー呼んだから、来たらあとは自分でなんとかしてよね！」

イライラした口調で小林さんが文句を言っている。

「うん、ありがとー。小林さんっていいひと」

「はぁ!?」

いつもは苦手な小林さんも、今はなんだか普通に話せるのが不思議。

小林さんは道路を睨《にら》みながら腕を組み、靴をコツコツと鳴らしている。

その音が子守唄のように聞こえてくる。私はふわふわと心地よい感覚に支配されて、目をつむった。

「ちょっと！　こんなところで寝ないでよ！　やだ、寄りかからないで！　重いわよっ」

「大丈夫か？」

耳元で声がしたと思ったら、背中がほんわかと温かくなる。その包まれるような安心感に、私はゆっくりと身体を預けた。

「あ、島崎課長……これが大丈夫に見えます？　ちょっと早瀬さん、自分で立ちなさいよ！」

「あとは代わるよ。タクシーは？」

「呼びましたけど……え、二次会には行かないんですか？」

「残ってる仕事を片付けたいから、今回はパスさせてもらうよ」

それから、家が同じ方向だからこのまま送っていく、とか聞こえた気がする。

しばらくすると、ガクンとした揺れと、首に感じる鈍い痛みに目を覚ます。

「あれ、島崎課長？」

気が付くとそこはタクシーの中で、隣には島崎課長がいた。お酒のせいか、それとも暗くて課長の顔がよく見えないからか、不思議と恐怖は感じなかった。

「起きたか。そろそろ起こそうと思っていた。家はこの辺りだと思ったんだが、住所は言えるか？」

「あ、はい……」

実家の住所を告げると、タクシーは大通りから住宅街へと入り、見覚えのある道を滑るように進んでいく。

私は隣の課長に視線を移した。

皺《しわ》のないパリっとしたスーツを着こなした隙のない姿。爪が短く切り揃えられた手は、膝の上に置かれている。私は最近の習慣で、自然と島崎課長の手の甲に視線がいってしまう。

その時、ちょうど外の光が車内を照らし、課長の手の甲がはっきり見えた。

あれ――

手を伸ばし、課長の腕を掴《つか》んで持ち上げる。

「どうした、早瀬君？」

外の明かりに照らして課長の手の甲を凝視した。

「これは……もしかしてホクロですか？」

「ああ、そうだが――」

「課長って誕生日いつですか？」

「誕生日？　八月二十一日だが、それより手を――」

「八月……ってことは獅子《しし》座ですね！　課長は超几帳面に見えます！　血液型はA型ですよね？　絶対そう！」

マダム・オルテンシアに教えてもらった私の運命の人の条件、それは獅子座のA型で、生年月日に数字の二が付き、右手の甲にホクロがある。もしも課長がA型であれば条件はぴったり揃う。

「なんとか言って下さい、課長！」

私の勢いに気圧《けお》されたのか、島崎課長は逃げるように上半身を反《そ》らした。その距離を詰めるように私は身を乗り出す。

ずっと探していた運命の人は、目の前にいるこの人かもしれない。

「た、確かにA型だが、俺に乗っかるな、車内なんだからおとなしくしてくれ——」

島崎課長にぐいと肩を押されて離される。

そのはずみで窓ガラスに後頭部をしたたかに打ったけれど、不思議と痛みは感じなかった。

「ふふ、ふふふっ」

やっと見つけた。私の運命の人！

「すまない、頭は大丈夫か？」

不気味な笑い声を上げる私に、島崎課長が焦ったように聞いてくる。

「島崎課長、私なんだか楽しくなってきました」

「……飲みすぎだぞ、早瀬君……」

飲みすぎ？　そんなことは関係ない。

「だってやっと見つけたんです……これで安心して眠れそうです」

私は満ち足りた思いで再び目をつむった――

ここは深い森の奥、ぽっかりと空《あ》いた広場には色とりどりの花が咲き乱れ、ひとりの女の子が眠ったように横たわっていた。

集まった動物たちは、つぶらな瞳を濡らし、彼女が目覚めないことを嘆《なげ》いている。

そこに聞こえてきたのは馬の蹄《ひづめ》の音。

「美しい女性《ひと》だ」

それは聞いたことのある声だった。

「ぜひ、我が妻に迎えたい」

彼が口づけをすると、瞬《また》く間に彼女は――ううん、私は息を吹き返す。

逆光でその人の顔は見えなかった。けれど、差し出された右手の甲にはホクロがあった。

「わたしはA型で、誕生日は八月二十一日です」

「まあ、ではあなたが私の探していた運命の人なのね！」

恭《うやうや》しく私の手を取ったその人は――え、島崎課長!?

「わあああ！」

あまりの衝撃で私は飛び起きた。

「ゆ、夢……？」

見覚えのある壁のポスターに水色のカーテン、ここが自室なのだと気付いてほっと息を吐く。同時にバランスを崩してベッドから滑り落ちた。

「い、痛い……」

土曜の朝、目覚め方としては最悪だった。

「あれ？　昨日は……えーと」

部屋をよく見ると、昨日着ていた服は脱ぎっぱなしで床に散らばっている。乾かさないで寝たらしく髪は大爆発を起こしていた。

昨日の夜は歓迎会があって、それからどうやって家まで帰って来たんだっけ？

確か飲みすぎて、小林さんがタクシーを呼んでくれて、それに乗って帰って来たはず。

でも、誰かと一緒だったような……？

「そうだ！　島崎課長がなぜか隣にいて……」

それから、車内で課長の右手の甲にホクロがあるのを見つけて、誕生日と血液型を聞いた気がする。

「あれ？　……え、ええっ、えええー！　嘘でしょー！」

絶叫すると、朝からうるさいわよ、とドア越しに母親から叱られた。

でも今は、それどころじゃない。

私は部屋を飛び出すと、階下のリビングに向かった。

「お、お母さん！　私、昨日一人で帰ってきたよね？　このパジャマは誰が着せたの？」

「何寝惚けてるのよ。車が止まった音がしたと思ったら、一人でフラフラしながら帰って来たじゃない。それから自分でシャワー浴びてたわよ」

呆れたように私を一瞥《いちべつ》した母は、すぐに通販雑誌に視線を戻してしまった。

確かに、髪の毛からはお気に入りのバラのシャンプーの香りがするけれど。

「それじゃあ……」

私は踵《きびす》を返して部屋に戻ると、財布の中のお札を数えた。残高からタクシー代を払ったようには思えない。

「やっぱり……」

隣に誰かが、島崎課長がいたということで……

ってことは……

「うそ、島崎課長が私の運命の人!?」

けれどその記憶には現実味がなかった。いくら酔っていたからって、私が島崎課長の手を握って、誕生日や血液型を聞くなんてこと怖くてできるわけがない。

「そうだよ……」

だから島崎課長が私の運命の人だなんて、絶対に夢に決まってる。

やけにリアルな夢を見たあとは、それが現実だったのではないかと思ってしまうことがある。今の状況はきっとそれなのだ。

「だって相手は島崎課長だし、記憶も途切れ途切れだし。だから夢なんだ！」

私は緩《ゆる》い笑みを浮かべ、無理矢理そう思い込む。それからはクロワッサンとアールグレイの紅茶で朝食をすませ、楽しい休日を過ごすことに集中した。

考えれば考えるほど夢では片付けられないこともあったけれど、私は記憶に蓋《ふた》をしたのだった。


そして月曜日。

少し早く会社に行くと、思った通りすでに島崎課長は出社していた。

結局、週末は蓋をしたはずの記憶が気になって、楽しむどころではなかった。

散々悩んだあげく、私は島崎課長に直接確認することを決意し、人の少ない早い時間に出社したのだった。

「おは、おはようございます」

「おはよう」

緊張しながら挨拶《あいさつ》をすると、課長はいつもと変わらない無表情で答える。

私は心が折れそうになりながら、バッグから出した水晶玉をデスクの台座に置いて、大きく深呼吸をした。

確かめるのなら、今しかない！　意を決し、島崎課長の横に立つ。

「あ、あのっ課長！」

「どうした？」

「えっと、金曜日は、タクシーでご迷惑をおかけしたような、しなかったような気がして……ええと、すみませんでした！」

「ああ、そのことなら気にするな」

やっぱり！

タクシーの同乗者は、島崎課長で間違いないようだった……

「それで、えーと……私って何かしました？」

「何か、とは？」

「その、何かおかしなことを言ったような、言わなかったような……」

「特に何もないが？」

「そ、そうですかっ」

じゃあ、島崎課長の手を握って、生年月日や血液型を聞き出し、運命の人と思ったのは夢？

私は狐《きつね》につままれたような心境で、とりあえず払ってもらったタクシー代を返そうと口を開く。

「では、あの立て替えてくださった、私の家までのタクシー代を……」

そう言って財布を開けてお札を数枚取り出そうとする。

「必要ない」

「でも……」

「それより、この見積書だが――」

島崎課長は私の言葉を遮《さえぎ》ると、始業時間もまだなのに仕事の話を始めた。

それは金曜日の夕方、課長の外出中に作成して提出したもの。

眉間《みけん》の皺《しわ》を見る限り、また何らかのミスがあったのかもしれない。

「これで問題ない」

「すみません、急いで直し――え？」

島崎課長はデスクの引き出しを開けると、四角い印鑑を取り出し押印する。正式な書類のみに押す社判《しゃばん》だった。

あれ、もしかして一発合格？

「どうした？」

「あ、いえ……」

てっきりいつものように、やり直しを命じられると思ったのに。

「明日届くように送っておいてくれ」

「はい、わかりました」

　差し出された書類を受け取る。私がミスなく作り上げた見積書。初めて課長に怒られずに完成した書類……じわじわと嬉しさが込み上げてきて、見積書をぎゅっと抱きしめたくなった。

「ありがとうございます、島崎課長！」

　ぺこりと頭を下げ、笑顔で席に戻ろうとしたその時。

「あ、ああー!!」

　ふと目に入ったマウスを持つ島崎課長の右手には――

「ホクロがある!?」

「それがどうしたんだ？」

　いきなり大声を出した私を、島崎課長は少し驚いた様子で見上げた。

「そういえば、タクシーの中でもホクロがどうとか言っていたが」

「え、タクシーでも!?」

「誕生日と血液型も聞いてきただろう、覚えていないのか？」

「あれは夢だとばっかり……！」

　そこで……私は色々な出来事を鮮明に思い出した。

　タクシーの中で掴《つか》んだ課長の手は大きくて温かくて、骨ばっていた。この大きな手で頭をなでなでされたい、なんて頭の片隅で思いながら、私はその手に触れた。

そして暗闇の中、課長の息づかいを目と鼻の先で感じて。

私は課長の手を掴《つか》んだだけでなく、興奮して押し倒した――!?

「わあああっ」

わ、私はなんてことを!

「早瀬君?」

島崎課長は不安そうな目で私をじっと見ている。そこで私は、青木さんから聞いた、
私が魔女で生贄《いけにえ》を探しているという不本意な噂を思い出した。

「わ、私は魔女じゃありませんから!」

「魔女? 落ち着きなさい。大丈夫か?」

「だ、だいじょうぶですっ」

夢じゃなかった、夢じゃなかった、夢じゃなかったー!!

自分のデスクに書類を置いて、走り出しそうな勢いでトイレに逃げ込んだ。

「ど、どうしよう! まさか課長が……嘘でしょ。嘘だと言って!」

と、とにかく落ち着け私!

胸を押さえてゆっくりと息を吸って吐く。

落ち着いて情報を整理しよう。島崎課長の右手の甲にはホクロがあって、獅子《しし》座のA

型でもあり、誕生日は八月二十一日で数字の二が付く。

私の運命の人の条件と同じ。

……つまり、マダム・オルテンシアの言う、私の運命の人。

よりによって一番苦手な人が――

「島崎課長が、私の運命の人……」

声に出して言うと、その事実が私の胃の辺りにずどんと重く圧《の》しかかってきた。

「ううっ、なんかお腹痛くなってきた、気がする」

やっぱり私は運が悪い。

運命でさえ、こうして私を絶望の淵《ふち》へと追い落とす。私を救ってくれる相手が島崎課長だなんて、一体これは何の試練なのだろう。

「神様なんてこの世にはいないんだ……」

ひとしきり嘆《なげ》いたあと、私はがっくりと肩を落としてフロアに戻った。

けれど、私の絶望感とは裏腹に、今日一日、仕事での失敗がひとつもなかった。つまりミスなく書類を作り上げられたということ。こんなことは初めてだった。

宛名を印刷した封筒に書類を入れながら、デスクに置いた水晶玉を見つめる。

これって、もしかして私の運勢が向上し始めてるってこと？　ひとつのミスなく仕事を終えられたのは、島崎課長が私の運命の人だってわかったから？

心に炎をまとっていて、近くにいるだけで私の運勢を向上させてくれる人――私の運命を導くミラクルなパワーの持ち主《ぬし》、それが本当に島崎課長なのだとしたら……

「どうかしたか？」

「え？　あ、なんでもありません！」

無意識に課長をじっと見つめていたことに気付き、私は急いで目を逸《そ》らした。

「郵便を出してきます！　他にありますか？」

数人から郵便物を受け取り、営業部をあとにする。

言いようのない現実を受け入れられず、私はひとまず現実逃避することにした。

4

島崎浩輔《こうすけ》三十二歳。

他人に厳しく自分にも厳しい完璧主義者。

朝は誰よりも早く出社して、夜は一番最後まで残業をしている仕事大好き人間。別名、仕事の鬼。

口を真一文字に結び、いつも不機嫌そうに眉間《みけん》に皺《しわ》を寄せて書類やパソコンを睨《にら》んでいる。人と話す時も常に無表情。機嫌が良いのか悪いのかさえ読み取れない。

島崎課長の笑った顔なんて今まで一度も見たことがない。

お客さんと話す時もやっぱり怖い顔でいるのだろうか。

メガネの奥は、氷の女王も裸足《はだし》で逃げ出すような冷たい瞳。じろりとひと睨みされるだけで心臓も凍りついてしまうほどの眼力で、マダム・オルテンシアの言う『心に炎をまとっている』なんて微塵《みじん》も感じられない。

そんな島崎課長は、女子社員やパートのおばちゃんたちの間ではクールで男前なイケメンとして有名だし、同期を含む男性社員からは上司にしたい男ナンバーワンとして人気がある。

どうやら余計なことは言わずに黙々と仕事をする姿がいいらしい。

私から見れば、無口で無表情で何を考えているのかまったくわからない怖い人。はっきり言って苦手な人物にあたる。

それもこれも、島崎課長は私が中学二年生だった時の学年主任の先生に似ているからだ。

当時、私は短いスカートに憧れていて、仲の良かった友達数人と制服のプリーツスカートをウエストで折ってみたことがあった。

それが学年主任の先生に見つかり、よりによって運の悪い私だけが大勢の目の前で延々と叱られたのだ。

最悪なことに、不良予備軍として目を付けられてしまった私は、ことあるごとに疑いの目で見られていた。

その時の先生と島崎課長が似ていると気付いたのは、入社してすぐのこと。新入社員として営業部を案内された時だった。

顔は全く似ていないけれど、雰囲気が似ていた。それからというもの、島崎課長を見かけるたびに昔の苦い思い出がトラウマとなって蘇《よみがえ》ってくる。島崎課長にとっては理不尽な話かもしれないけれど、目の前にするとどうしても怒られるのではないかという不安が過《よぎ》る。

――そんな苦手・ザ・ベストの島崎課長が、まさか運命の人だったなんて。

「はぁ……」

私は大きなため息を吐いた。

朝の通勤電車の中に響き渡るアナウンスは、会社の最寄駅の一つ手前の駅名を告げていた。

そんな中、視界の端に杖をついたお婆さんの姿が映《うつ》る。満員電車に慣れていないのか、窮屈《きゅうくつ》そうにしていた。

「あの、よかったらどうぞ」

そう言って席を立つと、私の目の前に立っていたサラリーマンに嫌な顔をされてしまった。私が降りれば、その席に自分が座れるはずだったからだろう。

「ご親切に、ありがとうね」

「い、いえ……」

私を睨《にら》み付けるサラリーマンの隣に立つと、チッと舌打ちが聞こえた。

ああ、もう……とてつもなく居心地が悪い。

「お嬢ちゃん、良かったら食べて」

肩を落として項垂《うなだ》れていると、席を譲ったお婆さんが巾着《きんちゃく》からお饅頭《まんじゅう》を取り出し、私に差し出した。

「わあ、いいんですか？　ありがとうございます」

温泉のマークが付いた茶色いお饅頭を三つ受け取り、私は笑顔でお礼を言った。

なんだか心がほわほわしている。

名も知らぬサラリーマンには睨まれてしまったけれど、親切には親切が返ってくると思うと、少し嬉しくなった。

「おっはよー早瀬ちゃーん。朝からご機嫌だね」

会社近くの横断歩道で信号待ちをしていると、背後から青木さんに声をかけられる。

青木さんは口元を手で隠しながらも、隠しきれない大あくびをしていた。

「おはようございます。寝不足ですか？」

「いやさ、モンスターを狩ってたら朝日が昇っててね。そこからウトウトしてたら寝坊しちゃって、ダッシュで家を飛び出してきたってわけ」

どうやら徹夜でゲームをしていたらしい。青木さんは朝食を食べ損ねた、と弱々しく言った。

「そうだ、お饅頭《まんじゅう》ありますけど、食べますか？」

私は先ほど貰ったばかりのお饅頭を一つ、バッグから取り出す。

「わお、グッジョブ！　貰っちゃっていいの？」

「はい、まだ二つあるので」

「助かるわー。糖分摂らないと頭働かないからねぇ」

青木さんは、歩きながらビニールを破いてお饅頭を口に放り込む。

周囲にはそれを見て苦笑いをしている顔見知りがいたけれど、青木さんは意にも介さないようだった。

「じゃあ、これお饅頭のお礼ね」

そう言いながら手帳を開くと、はがきサイズの何かを私に差し出す。

「あ、猫のシールですか？　かわいいっ」

「企画部の同期がくれたのよ。没になった商品なんだって」

透明な樹脂に猫のイラストがプリントしてあるシールだった。

「早瀬ちゃん、猫好きだもんね。よかったら使って」

「はい、ありがとうございます！」

会社に着くと早速、私は営業部で使っているノートの表紙にシールを貼った。それだけで部署名と名前しか書いてないただのノートが華やかになる。

「ふふふっ」

猫がじゃれ合っているシールを見て微笑《ほほえ》む。これから仕事のメモを取るのも楽しくなりそうだ。

「香織ちゃん、ひょっとして猫が好きなの？」

私の背後を通り過ぎようとした営業部の木下《きのした》さんが、それに気付いて声をかけてきた。

木下さんとは特別仲が良いわけではないけれど、彼は女の子を下の名前で呼ぶ主義らしく私のことも名前で呼ぶ。最初は驚いたけど、今ではあまり気にならなくなった。

「おはようございます木下さん。はい、猫好きなんです」

「そうだ、じゃあ、これあげる」

出かける直前だった木下さんは、持っていた外回り用の大きな鞄《かばん》から何かを取り出した。

「お客さんに貰ったんだ。ずっと鞄に入ってたもので悪いけど」

「こ、これは！　ヘタレ猫の携帯ストラップ!?」

しかも、一番人気でなかなか手に入らない三毛猫バージョン！

ヘタレ猫シリーズの商品は、実は私のお気に入りで集めていたりする。この携帯ストラップも、色々なお店を回って探していた。でも、三毛猫だけ手に入らず、半ば諦めていたのだった。

「嬉しいです！　ありがとうございます、木下さん！」

「はは、お礼はいいから今度デートしてよ」

「木下さん、奥さんいるじゃないですか」

営業担当らしく、よく口の回る木下さんとそんな話をしていたら、飯田部長と島崎課長が連れだって戻って来た。

週に一度、管理職だけが出席する早朝会議が終わったのだ。

「おっと、そろそろ出発しないと。じゃあね香織ちゃん」

デートはいつでもいいからね、と言い残して、木下さんは外出した。

うふふ、ふふふふ……

朝礼での部長の長い話中、私は頬が緩《ゆる》むのを止められなかった。

電車で席を譲ったらお饅頭《まんじゅう》をもらった。そのお饅頭が猫のシールになって、そのシールがきっかけでずっと欲しかった三毛猫のストラップを手に入れた。

これって、やっぱりミラクルなパワーのおかげなのだろうか？

斜め前に立つ島崎課長を盗み見る。

相変わらず冷たい印象のする銀縁メガネが、窓から差し込む光できらりと反射していた。

島崎課長が運命の人だと気付いてからは書類のミスが減った。だから注意される回数も減った。それどころか良いことが続いている。続きすぎている。

給湯室でコーヒーと緑茶の準備をしながら、私は最近の自分の周りの変化について考えていた。

「うーん……偶然にしてはできすぎてる気がする」

これはもう、島崎課長の強すぎる運気が私に影響を及ぼしているとしか考えられない。

「私が幸せな一生を送るためには、島崎課長と恋人になるしかない……？」

目をつむり、島崎課長と恋人になった未来を想像してみる。

楽しいショッピングデート、美味《おい》しいディナー。夜景の綺麗な人気スポットで愛を語り合う二人。

白亜の教会。遠くから聞こえる鐘の音。純白のドレスに身を包む私が振り返る。そこには……恐ろしげに笑う島崎課長。

「うわ、怖！」

二人の結婚式まで想像してしまい、はっとして現実に戻った。

っていうか、島崎課長の笑った顔なんて見たことないから笑顔が想像できないし！

「はぁ……」

幸運は手に入れたい。けれど相手は島崎課長。それじゃなくても恋愛経験が少ないのに、怖くて苦手だと思っている相手と恋人になるだなんてハードルが高すぎる。

「わああ……前途多難だ」

そんな考え事をしながらポットからお湯を注《そそ》いでいたせいで、いつの間にか満杯になっていた急須から熱湯が溢《あふ》れ出てしまう。

「あっつー!!」

零《こぼ》れた熱湯は私の手と、シンクを伝ってスカートと床を濡らす。

急いで拭《ふ》かなければ――ジンジンする手を気にしながらも、どこかにあるはずのふきんを目で探していると、じわじわと太ももにも熱が広がり始めた。

「あ、あつ、あつっ」

濡れたスカートを少しでも冷まそうと、引っ張りながらパタパタと捲《まく》った。しかし、なかなか熱が逃げてくれない。

「どうした？」

そこにタイミング悪く現れたのは、他でもない島崎課長だった。

「あ、あの、ちょっとお湯を零しまして。でもすぐに片付けますので……」

その途端、島崎課長の顔色がさっと変わった。鬼のような形相《ぎょうそう》で私に近付き、手を掴《つか》む。

「ひっ、ごめんなさ――」

「さっさと冷やしなさい！」

声を荒《あら》らげた課長は、私の赤くなり始めている手を力任せに引っ張り、水道の蛇口を捻《ひね》った。冷たい水が、ピリピリと痛む手を冷やしていく。

シャツの袖口《そでぐち》が濡れるのも厭《いと》わず、課長は私の手を色々な角度で見ながらスカートにも目をやった。

「足は大丈夫か？　そっちもきっと火傷《やけど》しているだろう。脱いで見せてみなさい」

「えっと、ここじゃちょっと脱げないので……」

島崎課長の言葉に驚きつつも、私は何を思ったのか真面目に答えてしまった。

そこで、課長も自分の発言がコンプライアンスに引っかかることに気付いたらしい。

私からさっと目を逸《そ》らした。

「いや、すまない。そういう意味じゃ――今のは忘れてくれ。小林君か、誰か女性を呼んで来よう」

驚いたことに、いつも冷静な島崎課長の声がうわずっていた。

「あの、一人で大丈夫です。更衣室で予備のスーツに着替えてきます」

「ああ、そうか……そうした方がいいな」

課長の耳が少しだけ赤くなっていたのを私は見逃さなかった。

怒鳴ったと思ったら今度は照れている――!?

ありえない！　だって相手は島崎課長だよ？

あの無表情で笑わない課長が、私のことを心配して、失言をして照れた……？

えええええーっ!!

島崎課長の感情の乱れを初めて見た瞬間だった。

スカートだけ穿《は》き替えて戻った私は、お茶をのせたトレイを運びながら、島崎課長をちらりと盗み見た。

先ほどの出来事は嘘だったかのように、いつもの無表情で書類を睨《にら》んでいる。

一体あれは何だったのだろう。島崎課長の無表情の仮面の下には、笑ったり困ったり照れたり……といった色々な顔が隠れているの？

そんなことを考えながら、私は飯田部長のもとへ向かう。

「失礼します、部長はお茶でよろしいですか？」

「おお、ちょうどお茶が飲みたかったんだ。気が利くねえ」

いつもはブラックコーヒーを飲む部長だけれども、早朝会議があったあとは、必ずお茶を希望することはわかっていたから、私は言われる前に緑茶を用意していたのだ。

「えへへ、どういたしまして」

「うん、いい温度だ。お茶うけがほしいねぇ」

「あ、お饅頭《まんじゅう》でよければどうぞ」

電車で貰ったお饅頭を部長に差し出した。

「ありがとう早瀬君、君を営業部に引き抜いたのは正解だったな」

「お、恐れ入りますっ」

予想外に褒《ほ》められて、ちょっとばかり嬉しくなった。

初めてここで存在を認められた気がした。それがたとえお茶汲《く》みだとしても、嬉しいものは嬉しい。

今日はなにか良いことが起こりそう――。生まれて初めて、そんな思いが私を満ち足りた気分にさせてくれた。

「うふふっ今日はケーキを買って帰ろっと」

「あの、早瀬さんちょっと聞いてもいいですか？」

私が頼まれた書類の整理をしていると、背後から声をかけられた。新入社員の海老原《えびはら》君だ。

困った顔をしながら手に持った書類を私に見せて口を開く。

「書類に不備があるって言われて、でもどこがダメなのかわからなくて」

「えぇっ、ちょっと待って！」

よりによって私に質問するの？

焦る私をよそに、海老原君は話を続ける。

「商品管理部に納品書を持って行ったんですけど、これじゃだめらしいんです。青木さんって人に、早瀬さんに聞けって言われて……」

そう言いながら海老原君は問題の納品書を見せてきた。

「あ、これはね、注文が二十ケース以上になると割引になるの。だから一番下の欄に割引金額を書かなきゃいけないんだよ」

私はほっと息を吐いた。

この書類は商品管理部で何度も目にしていたから、私でも答えることができたのだ。

「割引金額？　ああ、そういうことですか！　ありがとうございました！」

海老原君は元気よくお礼を言うと、自分のデスクに戻って行った。嬉々としてパソコンに向かい書類を訂正している海老原君を見ていると、初めて先輩らしいことができたという実感が湧いてきて私も嬉しくなってしまう。

「あーら、早瀬さん。やっと新人に教えられるレベルになったようね」

そんな私に水を差すように、コーヒーカップを持った小林さんが現れた。

今日は外出予定はないらしく、小林さんは朝から社内にいる。

「てっきりコーヒーしか淹《い》れられないのかと思ってたわ」

バカにしたように冷笑を浮かべて、カップを軽く持ち上げる。

「……ありがと」

「は？　何でお礼を言うわけ？」

「だって褒めてくれたんでしょ？　コーヒー、美味《おい》しいって喜んでくれてよかった。小林さんは私が淹れたコーヒーはいつもお代わりしてくれるもんね」

私は努《つと》めて笑顔を作って言った。

それが事実だったから、小林さんはむっとしたような顔をする。

「べ、別に褒めたわけじゃないわよ。コーヒーなんて誰が淹れても同じ味でしょ！」

そして、小林さんは足音も荒くどこかに行ってしまった。

「やった……」

小林さんの嫌味をスルーした。しかもさらっと反撃までしてしまった！

今までの私だったら絶対こうはなっていない。

私もう一度、島崎課長を盗み見た。なんだか、怖い人という今までの印象が少し変わってきているような気がしていた。

「早瀬君、少しいいかね？」

午後になると、嬉しそうな飯田部長に手招きで呼ばれた。

「はい、お茶のお代わりですか？」

「いやいや、すごくいい話だよ。ああ、島崎君もいいかね？」

何故か島崎課長までもが呼ばれ、三人で会議室へと向かう。

隣に座る課長の存在に緊張しながら、目の前に座る部長になんとか意識を集中させる。

「さて、今朝の会議で決まったんだがね――」

そして部長は、とんでもないことを口にした。

新商品企画コンテストのために私が考えた文房具がいよいよ商品化されるらしい。

すでに企画部で価格や素材を決め、広報部によってかっこいいポスターとカタログが作られて、商品の売り出し方法も決まったようだ。

それを売り込みに行くというのが、営業部での私の初仕事になるという。

しかも――

「島崎課長と一緒にですか？」

私は耳を疑った。

「そうだよ、早瀬君は営業部としては新人だからね、サポート役が必要だろう」

「そ、そうですけど……でも、忙しい島崎課長の手を煩《わずら》わせるわけには……」

私が外回りをする時は、木下さんか、ちょっと嫌だけど小林さんについて勉強するのだろうと思っていた。

　島崎課長は営業二課の課長だから、重要な商談や契約時の節目に同行するくらいだった。だから、島崎課長とコンビを組むなんて思いもしなかった。

　サポート役ということは、一緒に外出して、一緒に取引先に訪問して、一緒に会社に帰ってきて、一緒に報告書を書いて……いつも、一緒に……？

　そんな急展開アリ？

　確かに課長とお近付きになるチャンスかもしれないけど、いきなり二人きりなんて、無理に決まってる。島崎課長の恋人になるにしても、まずは恐怖心を克服しなければならないのだ。だから、もう少しゆっくり、じっくり関係を進めたい。

「あ、あの、新入社員を差し置いて、私が課長を独り占《じ》め《ひと》するのはどうかと思います……」

「それは気にしなくて大丈夫だよ。じゃあ島崎君、あとは頼んだよ」

　やんわりとその提案を拒んでみたけれど、私の願いも虚《むな》しく部長は席を立った。その場に島崎課長と残されて、そのまま打ち合わせが始まってしまった。

　対面するように座り直した課長が、持っていたファイルから数種類の資料をテーブルに並べる。

「早速だが、これが企画部からの資料になる。君が考えたものではあるが、商品の特徴を含め、オプション品や価格など、どんな質問にも答えられるように目を通しておいてくれ」

「は、はい」

渡された資料には、企画部の誰かが綺麗に書き直してくれたかわいいキャップのついたカラーペンの商品イメージのイラストと、完成した商品の画像データが添付されていた。

上手くもない私のイラストからどう読み取ったのか、企画部の人は驚くべき技術を駆使して商品を完成させてくれていたのだ。

「わあ、これが実際にお店に並ぶんですね！」

私は資料を夢中になって読んだ。

売り出すのが夏だったので、残念ながら雪だるまは採用されなかったけれど、赤ずきんちゃんとオオカミのセットや、かわいくデフォルメされた動物のものが載っている。

『思わず集めたくなる、かわいいカラーペンが大集合！』

店舗に貼られる予定のポスターには、私が企画書に書いた文言がそのまま使われていた。

他にも、シーズン毎《ごと》にキャップのマスコットを変更して販売することまでが決まっていた。

「すごいです！　本当に私の考えたものが商品になるなんて！」

これを考えた時はマダム・オルテンシアに会いに行ったあとだった。水晶玉のおかげかと思うような閃《ひらめ》きで、ものの数分で企画書を書き上げたのだ。

「覚えてますか？　二月の雪が降った日、エレベーターで島崎課長に会った時！　私、会社に残ってこの企画書書いてたんですよ。窓から雪を見てて、そしたら水晶玉がきらっと光って、こう頭の中にイメージが――」

そこで、はっとして顔を上げた。島崎課長が私をじっと見ている。

しまった！　打ち合わせ中だというのに、島崎課長そっちのけで私はひとりべらべらと、どうでもいい話を……

「ああ、そうだな……資料はあとで読んでくれ。続きを話してもいいか？」

私が気付くまで、私のことを黙って見ていたらしい課長は、無表情で資料に視線を戻した。

「す、すみません。続けてください」

つい嬉しくて興奮しすぎてしまった。しかも島崎課長を相手に……

恥ずかしさで俯《うつむ》きながら、私は課長の話に耳を傾《かたむ》けた。

そうだ、のんきに喜んでいる場合ではない。

島崎課長と二人っきりで外出する自分を想像して、不安と重圧で胃が痛くなった。

……月日が経つのはなんて早いんだろう。

二人きりの打ち合わせから一週間の準備期間を経て、あっという間に島崎課長と外出する日になってしまった。

初の新商品売り込み、それも自分が考えた商品ということで、私はこの一週間できる限りの準備をした。

なんせ最初の訪問先は、大手も大手のホーリーグループ系列店。ホーリーグループというのは、金融からネットショップ、スーパー・コンビニまで手広く事業展開している大手企業なのだ。

うまくいけば全国に多数存在するコンビニの文房具コーナーに並ぶかもしれない。そのかわり下手をすると……

もし何か大失敗をして、今後一切の取引が中止になってしまったらどうしよう……不安しかない。

「ううっ緊張する……」

じっとしていられず、私は何度目かわからない持ち物チェックを始めた。

ハンカチ、ティッシュ、定期と財布……それから仕事用のファイルに、メモ帳と筆記用具。忘れちゃいけない新品の名刺は名刺入れに十枚と、無くなったらいけないので余分に五十枚ほど用意してある。何人の人と名刺を交換するかわからないから。

えっと、あとは他にいるものあったっけ？

「ああ、どうしよう！」

「ちょっと早瀬さん、島崎課長と一緒に外出できるからって、やけにそわそわしてるわね。調子に乗らないでよ、そうやって思い上がってると失敗するんだからね！」

小林さんの忠告にごくりと唾を呑む。

失敗……

そうだ、落ち着かないと本当に失敗するかもしれないんだ。

「あ、ありがとう、小林さん。気を付けるね」

「っ……そういう意味で言ったんじゃないわよ！」

それが忠告ではなく嫌味だと気付いたのは一拍遅れてからだった。

「早瀬君、そろそろ行くぞ」

「うわ、はいっ」

島崎課長に声をかけられ、私は椅子《いす》から勢いよく立ち上がった。

はっと思い出し、デスクの水晶玉を忘れずにバッグに入れる。

これがあれば、きっとうまくいく！

あるいは失敗しても帳消しに……はならないかもしれないけれど、手元にあると思うだけでも心強い。

それに今日同行してくれるのは、上司にしたい男ナンバーワンの仕事の鬼、かつ私の運勢を向上させてくれるという運命の人、島崎課長なのだ。

この際、苦手とか怖いなんて言ってられない。こうして形にしてもらった新商品のためにも、失敗はできないのだ。

「いま行きますっ」

「……そんなものまで持って行くのか？　いや、いい」

島崎課長はなぜか質問を呑み込んで、眉間《みけん》に皺《しわ》を寄せながら黙った。

そんな課長の機嫌をうかがいながら、私はエレベーターから降りて後ろを追いかけた。

外に出て駅とは反対方向にある駐車場に来たところで私は気付いた。

「え、車で行くんですか？」

「駅から少し歩く。今日は他にも何社か回るから、車の方が都合がいい」

私は、課長の車の前で呆然と立ち尽くしてしまった。

だって車での行動はまったくリハーサルしていなかったから。てっきり電車かバス。

ど、どうしよう……

大穴でタクシーだとばかり思っていた。

いきなり密室に二人きり!?

「心配するな、運転させようなどとは思っていない」

私が車の前で突っ立っていたら、それを勘違いした島崎課長が私を安心させるかのように言った。

「そ、そうですか……」

私に運転なんかさせたら事故確定だ。

運転席側に回る課長の後ろ姿を見送りながら、私は重い足取りで反対側の後部座席のドアを開けた。

「何をしている？　後ろには資料と荷物しかない。助手席に乗りなさい」

「あ、はい。えっ？」

見ると、後部座席には顧客に配るためのカタログ冊子や見本の商品がところせましと、しかも綺麗に整頓されて置かれていた。確かに座れなさそうだ。

しかし、助手席といえば、ドライブデート時の特等席！

そんな神聖な席に私なんかが座ってもいいの？

「……今度はどうしたんだ？」

助手席のドアを開けたまま動かない私に、やれやれといった口調で課長が尋ねる。

「あの、特別な席なのに、私が座ってもいいのかと思いまして」

「特別？」

美容室で読んだ雑誌に書いてあった。車の助手席は、女性にとって聖域なのだと。

助手席に座れるということは、相手の男性に特別に思われている証拠らしい。

課長は私にとって運命の人ではある。でも、まだ手だって繋いだことがないのに、いきなり助手席に座ってもいいの？

どうしよう、まだ心の準備がっ。

「やっぱり、まだ早いと思うんです、課長！」

「何がだ？」

「だって私――」

そう言ってはっと気付いた。

これはデートじゃなくて仕事。これから行くのは夜景の綺麗なデートスポットじゃなくて取引先。

第一、私たちはまだ付き合ってもいない。ただの上司と部下だ。

「な、な、何でもないです！」

とんでもない勘違いに焦りながら、じわじわと熱くなった頬を髪の毛で隠し、私は特別でも何でもない助手席に座った。

鞄《かばん》を足元に置いてシートベルトを締めていると、椅子《いす》に何か違和感を感じる。

「あれ、これって……」

お尻の下から出てきたのはシャチハタ印だった。蓋《ふた》をあけると、木下と印字されている。

「木下さんのハンコ？」

「ああ、そういえばこの前、見当たらないと言っていたな。そんなところにあったのか」

　木下さんの忘れ物は、先週一緒に外出した時に失くしたものらしい。

「ってことは、木下さんもここに座ったんですね。そうですよね、一緒に出かければ座りますよね。あはは……」

　それなのに、意識して慌てるなんて……出かける前からこんなことでは、この先が思いやられる。

「戻ったら木下に渡しておいてくれ、今は時間がない」

「わ、わかりました」

　私は忘れないようにスーツのポケットにハンコを入れた。

　島崎課長はキーを回してエンジンをかけながら、腕時計を見ている。私がぐずぐずしていたせいで遅れが生じているのかもしれない。

　そういえば、何時に着く予定なのかも私は知らなかった。営業担当のくせに訪問時間さえ知らないなんて。

「はぁ……」

　出かける前からダメダメな自分に落ち込んだ。

　もしも島崎課長とお付き合いできるようになったとしても、こんな私ではお断りされかねない。

そうなったら、私はどうなるの？　運命の人からも振られたら、どうすればいい？

「手はもう大丈夫か？」

「はいっ、え、手ですか？」

突然話しかけられて、一瞬何のことだかわからなかった。

「あ、この前の火傷《やけど》のことですね。もう大丈夫です。先日は大変お騒がせしました」

そういえばあの時の課長は、慌てたり焦ったり照れたりしていて、いつもと印象が違って見えた。

もしかして、案外怖い人じゃないのかも……？

外の景色を見るふりをしながら、ちらりと島崎課長の横顔を観察する。、黙ったまま前を見つめている課長は、相変わらず無表情で感情が見えない。

そんな人が、私にスカートを脱げと言ったあとに照れていた様子を思い出してしまい、つい笑いが漏《も》れた。

「どうした？」

「あ、いえ、課長も人の子だったんだなぁ、と」

「鬼の子だとでも思っていたのか？」

「うーん、どちらかと言うと鬼の首領でしょうか」

鬼の子と言うと、なんだかかわいいイメージだ。島崎課長はどちらかと言えば、大きな金棒を持った恐ろしい形相《ぎょうそう》の鬼のボスっぽい。

………しまった！

「じゃなくてですね、えっと、鬼の首領と言うのはたとえ話でして――」

焦って誤魔化《ごまか》そうとしたけれど、うまい言い回しが思い付かない。

「あの、その……」

「早瀬君は、思ったことをそのまま口にしてしまうようだな」

微《かす》かに空気が揺れた。右隣に視線を向けると課長はなぜか微笑《ほほえ》んでいた――気がした。

次の瞬間には、ウインカーを出した島崎課長が右を向いてしまって見えなくなってしまったけれど。

え、……ええええっ！

あの島崎課長が笑った？

いつも無表情で、それ以外の表情はないのではとさえ思っていた課長が？

ゴシゴシと目を擦《こす》り島崎課長を観察する。

「それにしても、鬼の首領か……」

「あ、いや、あの……すみません！　私ってば言っちゃいけないことを……じゃなくて、あの、いつもそう思ってるわけじゃなくてですね、ええと……」

言い訳すればするほど墓穴を掘っている気がする。

「………変なことを言ってすみません」

私は言い訳を諦めて正直に謝ることにした。よりによって直接本人に鬼だと言ってしまうなんて、失言にもほどがある。

「正直と言うことだろう。君の長所だ、いいんじゃないか」

「そ、そうでしょうか……」

正直者と言えば聞こえはいいけれど、言い方を変えれば、ただ単純なだけ。こんな私は営業部には不向きだと思う。木下さんのように口がうまくないし、小林さんのように自分に自信を持って話す術《すべ》も持ち合わせていないのだから。

おまけに運もすこぶる悪い。

今みたいにうっかり余計なことを言って、相手を怒らせてしまうかもしれないと思うと不安しかない。

「はぁ……」

自己嫌悪に陥《おちい》っていたその時、目の前でありえないことが起きた。

「か、課長？」

私は何度も瞬《まばた》きを繰り返す。

笑ってる？　目の錯覚ではなくあの島崎課長が、私の話を聞いてにっこりと笑ってる!?

「なんだ?」

気付くと、私は口をあけてぽかんと島崎課長を見つめてしまっていた。

「い、いえ。何でもないです」

急いで前を向き、姿勢を正す。

………え、えええっ!!

しばらくして、そっと横をうかがってみると、島崎課長はいつもの無表情に戻っていた。

島崎課長があんなふうに笑うなんて……。なんだか見てはいけないものを見てしまったような気がする。

なのに、島崎課長の笑った顔を見てからというもの、何故か落ち着かない。

私、一体どうしたっていうの……?

島崎課長と向かった先は、見上げると首が痛くなるような高層ビルだった。三十八階建てのこのビルは、まるごとホーリーグループの関連会社で埋め尽くされているらしい。

私は立派なビルの入り口の前で、足を震わせていた。

いやいや、これは武者震いと言うもの。ここが今から私の戦場となる……なんて、かっこいいことを考えて自らを奮《ふる》い立たせても無理なものは無理。

失敗したらどうしよう……そう考えると心臓が口から飛び出してきそうだった。

「早瀬君？」

「はい、今行きます！」

小走りに課長を追いかけ、ホテルのような回転扉を通り抜けると受付がある。島崎課長が慣れた様子で来訪を告げ、女性が感じの良い笑顔で応対してくれた。

それから数分後、スーツ姿の男性が現れた。島崎課長がすぐさま反応して軽く頭を下げる。

「お待ちしてました、島崎さん」

「堀井《ほりい》さん、ご無沙汰しております。風邪は治りましたか？」

「ええ、もう大変でしたよ」

驚いたことに、島崎課長は堀井さんという人と普通に世間話を始めた。満面の笑みとは言い難いけれど、無表情ではない。

またもや課長の意外な一面を見てしまった瞬間だった。

私たちが訪ねたのは、ホーリーマーケティング株式会社の購買統括事業部という部署だった。詳しく説明すると、そのあとに購買サービス本部ときて購買部購買課と続く。

大きな会社だけあって、とにかくたくさんの人が行き来していた。

緊張のため、私は誰かとすれ違うたびにビクビクおどおどしてしまう。そのせいか、前を歩く島崎課長は時折私を振り返ってきた。きっと私が何かをしでかすと思い、気が気でなかったのかもしれない。

「で、島崎さん。そちらは初めてお会いする方ですよね？」

「ええ、四月から営業部に配属になった早瀬です」

島崎課長から目で促《うなが》され、私は慌ててバッグから名刺を取り出した。

「は、早瀬と申します。よろしくお願いします！」

「堀井と申します。こちらこそよろしくお願いします」

貰った名刺を落とすことなく受け取ることができて、私はほっと息を吐いた。無事、第一関門突破だ。

その名刺には、例の長い部署名のあとに課長・堀井慎之介《しんのすけ》と書いてあった。島崎課長よりも年下に見えるけれど、この人も課長らしい。

にっこりと笑顔を向けられ、私もつられて笑みを浮かべた。

堀井さんは高級そうなライトグレーのスーツを着ていて、それがとてもよく似合っていた。何だか王子様みたいな人だ。

私が座るのを待ってから向かいの席に座り、優雅な仕草で手帳を開く。

こんなに優しそうでかっこいい人が上司だったらいいだろうな、なんて思わずにはいられない。

お茶を運んできた女性に笑顔でお礼を言う姿もスマートですごくかっこいい。

「あっ――」

ところが、その笑顔に頬を染めた女性がお茶を持つ手を滑らせてしまった。

「わああっ」

そして、机に資料を並べていた私の腕にコーヒーがかかる。みるみるうちに新品のスーツに濃い染みが広がった。

「も、申し訳ございません――」

「あ、いえ。これくらいなら大丈夫です」

テーブルの上に広がり始める黒い液体から資料を避難させながら、私は冷静にこのスーツはクリーニング店に直行だな、と思った。

不幸中の幸いだったのは、今日のスーツは濃紺だったということ。濃い色なのでそこまで染みは目立たない。ちょっとコーヒー臭いけれど、今日一日くらいは我慢できそうだ。

そう、正直私はほっとしていた。

私が零《こぼ》して島崎課長か堀井さんのスーツを汚してしまうよりは、自分のスーツが汚れる方が断然いい。

「本当にすみません」

「いえ、そこまで熱くなかったですし、大丈夫ですから」

真っ青になって立ち尽くす女性に、私は気にしないでという意味で笑顔を向けた。

一歩間違えれば私が彼女の立場だったかもしれないのだ。だから逆に同情してしまう。

「君、ぼうっとしてないで何か拭《ふ》くものを」

「は、はい――」

女性が急ぎ足で出て行く。

その間にも、私はバッグの中からハンカチを探していた。けれど、なぜか見つからない。

「あれ、確かに入れたはずなのに……」

「これを」

そんな私の様子に気付いた島崎課長が、ささっとポケットからハンカチを取り出して渡してきた。

「え、でもハンカチが汚れちゃいます」

「君のスーツがそれ以上汚れるよりはいい」

ずいと渡され、私はありがたくそれを受け取った。

「すみません、お借りします」

「早瀬さん、うちの社員がすみません」

「あ、いえ。本当に大丈夫です。それに、この通り資料も無事ですから」

これくらい、今までの不運に比べたらまだまだ入門編レベルだ。

「スーツは預からせてください。クリーニングに出してからお返ししますから」

「いえ、気にしないでください。まったくもって問題ないですから！」

これを預けてしまったらスーツの替えがない。

何度も預かるという堀井さんにやっと納得してもらって、私は仕事の話を始める。

ここに来た時はものすごく緊張していたけれど、気付けば私はリラックスして商品の説明をすることができていた。

そのおかげか、堀井さんも新商品を気に入ってくれたようだった。

今日のところは新商品の説明をするだけで終わり、次の約束を取り付けて最初の訪問は無事終了。

そのあとは特に問題もなく、三社ほど回って名刺交換と、新商品の説明をした。

最初は緊張したけれど、島崎課長が手助けしてくれたこともあり、最後に立ち寄った会社では笑顔を交えながら話をすることができた。

帰りの車の中で、私は今日の出来事を振り返った。今日は、私にとっては、幸運を通り越して奇跡に近い一日だったと思う。だって、コーヒーをかけられたことを除けば、何も問題が起こらなかったから。それに、島崎課長と二人きりでも思ったほど苦ではなかった。

やっぱり無表情なことに変わりないけれど、その無表情の中にもほんの少しだけ違いがあって、それに気付いてからは色々な感情が見えてきた気がしたのだ。

これって気のせい？　それとも、今まで見えていなかったものが見えてきたってこと？

島崎課長は時折、眉間《みけん》に皺《しわ》を寄せて信号を睨《にら》んでいるけれど、今までのような怖さは感じなくなっていた。

ずっと怖いと思っていたその表情は、機嫌が悪いというわけではないのかもしれない。そう思えるようになった私自身に驚いた。

「――別に機嫌が悪いわけじゃない」

「えっ？」

私の心を読んだように、唐突に課長が言った。もしかして声に出していたのだろうかと私は焦った。

「え……っと、その、あのっ」

「こう見えて、高校の時はバスケ部だったんだ」

「え……バスケ部？」

島崎課長が？

「部活中は眼鏡をかけなかった。邪魔だったから」

「……コンタクトにはしなかったんですか？」

「試してはみたが、どうも合わなかった。だから部活中は裸眼だった」

「そうなんですか……」

若かりし頃の島崎課長を想像してみる。

ハーフパンツとノースリーブ姿で、額の汗を拭《ぬぐ》いながらボールを奪い合う姿を――

けれど、私の力では想像できなかった。

いきなり昔話を始めた島崎課長を不思議に思いながら、その横顔をじっと見つめていると、課長が再び口を開いた。

「眼鏡がないから見えづらくて、気付けば眉間《みけん》に皺《しわ》を寄せてボールを追っていた。その時からのクセなんだ……」

信号で車が止まり、島崎課長は眼鏡をくいっと押し上げた。

「だから、別に機嫌が悪いとか、怒っているわけではない……」

「あ、ああ！　そうなんですね。私てっきり――」

そこまで言って、口をつぐんだ。

「だろうと思っていた。君はいつも俺に怯《おび》えていたから」

「うっ」

やっぱり、ばれてた！

島崎課長は何も悪くないのに勝手に怯えられて、そのあげく鬼の首領なんて言われたら……

「なんか、色々とすみませんでした」

そう言ってから、私は口をしっかり両手で押さえた。

「今度は何をしている？」

「自分の口をふさいでます」

これ以上、余計なことを言わないように。

「ふっ、はははははっ」

「そ、そんなに笑わなくても――ええっ⁉」

島崎課長が、声を出して笑ってる⁉

私の驚きに気付いて課長は言った。

「俺だって笑うことはある。顔に書いてあるぞ。鬼が笑った、とな」

「うっ、ご、ごめんなさい！」

って、謝ってどうするの！　これじゃそう思ってたって認めたようなもんじゃない！

ああ、もうっ！

そんな私の思いを見透かすように、島崎課長は目を細めた。

「とりあえず、誤解が解《と》けたならなによりだ」

「すみません。実は、島崎課長が中学の時の苦手な学年主任の先生に似ていたので、いつ怒られるのかと思っていて……」

「先生に？　どうして？」

私は正直に打ち明けた。

「それは、ひどいな」

そう言いながらも、島崎課長は少しばかり笑っていた。

車内は再び沈黙に包まれたけれど、不思議と重苦しさは感じない。むしろ心地のよい静けさだった。

あんなに焦ったり怯えたり緊張したりしていたのが嘘みたいに寛《くつろ》いだ気持ちで、私は窓の外の流れる景色を眺めていた。

「…………君、早瀬君！」

「うわっ、はい！」

「会社に着いたぞ」

「はい、お帰りなさい！　って、あれ？」

私、寝てた……!?

課長に運転させておいて横で寝るなんて！　しかもなんだか楽しい夢を見ていた気がする。

「寝ちゃったみたいで、すみません」

「初めての商談だったんだ。疲れていたんだろう」

だからって仕事中なのに寝るなんて失礼すぎる……私はがくっと肩を落とした。

5

「ふーっ」

ずっと座っていて硬くなった身体を伸ばしながら、雲ひとつない空を見上げた。

今日は梅雨《つゆ》の合間にしばし訪れる快晴。そしてホーリーマーケティングへの二度目の訪問日。

「提案書は持っているか？」

「ばっちりです、課長！」

資料を入れたバッグを叩くと、島崎課長は軽くうなずいてから車をロックした。

「行くぞ」

「はい！」

怖くて近寄りがたいと思っていた島崎課長は、話してみるとそんなことはなくて、普通にテレビのバラエティー番組を見るし、スーパーでお買い得品を買ったりもするらしい。

それから、好きな食べ物は居酒屋によくあるエイヒレで、日本酒と一緒に食べるのが最高なんだとか。なんともオジサンな好みが逆に普通すぎて面白い。

一緒に外回りへ出かけるようになって一週間。車中で話をする機会も増えて、今まで知ろうともしなかった課長の色々な面が見えてきた。

見た目の印象だけであんなに怯《おび》えていた自分が本当に馬鹿みたい。島崎課長にも申し訳ないことをしてしまった。

「日本酒って美味《おい》しいんですか？　あまり飲んだことがないので」

車中での世間話は車を降りたあとも続いていた。島崎課長と仕事以外の話ができるとは思っていなかったから、すべてが新鮮で興味深い。

「商品管理部にいた時は飲み会で何度か飲んだことありますけど、ただ辛いだけで美味しいとは……」

「そうか、早瀬君にはまだ早いか」

なんだか子供扱いされたようで、ちょっとむっとした。

「そんなことないです。きっと、美味しいお酒を飲む機会がなかっただけです！」

あれは飲み放題コースのお酒だからだ。私だってちゃんとした日本酒を飲めばきっと美味しいと感じるはず。

力を込めてそう言うと、島崎課長は何がおかしいのか、笑うのを我慢しているような表情をしていた。

なんと、私はこの一週間で課長のちょっとした表情の違いを見分けることができるようになっていた。自分でもびっくりするほどの進歩だと思っている。

「そうだな……じゃあ今度、日本酒の美味しい店にでも行ってみるか？」

「やった！　本当に？　絶対、約束ですよ！」

島崎課長は微笑《ほほえ》んでうなずいた。

どうしよう、すごく嬉しい……

自然と頬が緩《ゆる》んでしまう。少し前の私だったら卒倒していたに違いないのに、人間、変われば変わるものだ。

そんなことを考えていた私は、何もない路上に足を取られてしまった。

「わあっ」

痛みを覚悟してきゅっと目をつむったその時、少し前を歩いていた課長が即座に反応して私を支えてくれた。

「あ、ありがとうございます……」

こんなことが前にもあったと思い出した。帰りのエレベーターで二人きりになった時、エレベーターを降りた私が、たるんだ絨毯《じゅうたん》に足を取られて躓《つまず》き島崎課長に助けてもらったのだ。

今も大きな手が私の肩を支えてくれている。前と違うのは、私が島崎課長を恐れていないということ。

顔を上げると間近で目が合った。太陽の下だからだろうか、島崎課長の瞳が少し茶色に見える。それに睫《まつげ》も思った以上に長い。

「君はよく転ぶんだな」

「よ、よくは転びません！　週に一度くらいです！」

島崎課長の身体が微《かす》かに震えていたから、たぶん笑うのを我慢しているのだろう。

「もう！　課長！」

体勢を整えると、島崎課長の手が私の肩から腕に移動した。緩《ゆる》く微笑《ほほえ》んでいるその顔を見て、私もつられて笑ってしまう。

もし課長が私の恋人になったら、毎日これくらい近くにいることになるのだろうか。

そうしたら、この手に抱きしめられたりすることもあるわけで……

「早瀬君？」

私を見つめる熱い眼差し……そして、私の名前を呼ぶその唇が、私の唇に……

「わあっ」

重なる瞬間、頭を振ってその妄想を打ち消した。

恋人という関係を意識した途端、頬がかあっと熱くなる。なんだか胸もドキドキとうるさい。

「大丈夫か、早瀬君？」

「え、わあ！　は、はいっ」

触れていた部分が突然高熱を帯びたように熱くなった気がして、私は掴《つか》まれていた腕をぱっと引いた。

そうだ、私はこの人と恋人同士にならないといけない……でも、どうやって関係を深めればいいの？

怪訝《けげん》そうに見てくる島崎課長に背を向けて、私は赤くなった顔を隠すように歩き出す。

「あ、えっと、約束の時間になっちゃいます。早く行きましょう！」

お願いだから落ち着いて、私の心臓！

平常心を保つのがやっとで、受付に着くまで、同じ方向の手と足が一緒に出て変な歩き方をしていたことに気付かなかった。

深呼吸を繰り返して心を落ちつかせていると、受付から呼ばれた堀井さんが現れて、私たちを笑顔で出迎えてくれた。

「こんにちは。あれ、早瀬さん、顔が真っ赤だけど何かあった？」

「うっ、き、気のせいです！」

島崎課長が振り返ったけれど、私はどうしても目を合わせることができなかった。

応接室に入ると島崎課長と堀井さんは談笑を始め、その間に私はごそごそと資料を鞄《かばん》から取り出す。

談笑が終わると、堀井さんは先日説明した新商品の販売を前向きに検討していくとの回答をくれた。

「その条件として、ぜひホーリーグループ系列店限定の商品を作って欲しいんです」

「限定商品、ですか……」

そんなことが可能なのだろうか。私は隣に座る島崎課長に視線を向ける。

「かまいませんよ。デザインなど何かご希望はありますか？」

堀井さんは、手元のファイルの中からイラストの描かれた資料を差し出した。

「我が社のイメージキャラクターであるクイーン・ハニーちゃんはご存じですよね。それと一緒に、まだ未発表ですがこちらの新キャラクター、はちみつ王子を使って作って頂きたいんです」

極秘と書かれた資料には、蜂蜜色の王冠をかぶった小さなミツバチの男の子のイラストが載っていた。手には蜜壺を抱え、ちょこんと生えた触覚がかわいらしい。

「わあ、ハニーちゃんの弟なんですね。かわいい！」

「早瀬さんがそう言ってくれるのなら、はちみつ王子も人気が出そうですね」

　そして話し合いの結果、次回までに数点の商品案を用意することになり打ち合わせが終わった。

「何度も言いますが、はちみつ王子はまだ未発表で、社内でも知る者はごく一部なんです。資料の紛失と御社《おんしゃ》での情報公開にはくれぐれもご注意ください」

「はい、わかりました」

　堀井さんから資料を受け取ったものの、自分に自信のない私は島崎課長に預かってもらおうと考えた。私が持ち歩いたら五分以内に失くして、ホーリーグループのライバル会社に情報が漏《も》れるかもしれない。

　たとえ最近、今までの不運が嘘のように、いいことばかりが続いていても用心するにこしたことはない。

　そう思って声をかけたのと、島崎課長のスマホのバイブが響いたのは、同時だった。

「すみません、失礼します」

　課長は堀井さんに断ってスマホを持って応接室から出ていってしまった。

　ずっと手に持っているわけにもいかず、私は仕方なくそれを自分の鞄に入れた。

　うう、緊張する……

「早瀬さんは何かいい案ありますか？」

　一人落ち着かなさそうに座っていると、堀井さんから話しかけられた。

「えっ、あ、そうですね……ハニーちゃんとはちみつ王子は両方とも黄色がベースカラーなので、衣裳を変えたりして、思い切って別の色を使ってみるのはどうかなって思います。果物や花をモチーフにして、例えばバラの赤とかラベンダーの紫とか。これは担当部署に確認しないとわかりませんけど、花の香り付きにするのも面白いかもしれませんね」

「……へえ。それ、すごくいいね！」

私の思い付きを気に入ってくれたらしく、堀井さんはテーブルに身を乗り出すようにして微笑《ほほえ》みかけてくれた。

「あ、ありがとうございます。製作費のことも含めて、次回までにご提案できるようにまとめておきます！」

ついつい頬が緩《ゆる》んでしまう。こんなに嬉しいことはない。

「ねえ、早瀬さん」

堀井さんは私の顔を覗《のぞ》きこむように目を合わせた。

「よかったら今度、一緒に食事しながら商品について考えるのはどうかな？」

「いえ、食事しながらだと集中できないので！」

「……そ、そうなの？」

「はい、食べ物が目の前にあると、考えるより食べる方に集中しちゃうんですよね」

私が答えると、堀井さんはなぜだか面食らったような顔をした。

「あの、堀井さん?」

そこに島崎課長が戻って来た。

「……どうかしましたか?」

私と堀井さんを交互に見たあと、様子のおかしい堀井さんに尋ねる。

「いえいえ、早瀬さんは真面目な方ですね」

「えっ、真面目?」

誰が? 私が?

突然そんなことを言われて、意味がわからず首を傾《かし》げる。

「……早瀬が何かご迷惑を?」

島崎課長は眉をひそめて不安そうに問いかける。堀井さんはただ笑っているだけで何も答えなかった。

「では素敵な商品案をお待ちしていますね」

荷物をまとめて立ち上がると、堀井さんは応接室の扉を開けながらそう言った。

「それなんですが、次回からはしばらく早瀬一人でもかまいませんか?」

「お一人で? ええ、それはかまいませんよ。デザインを確認させていただくだけですから」

「ひとり? え、私が一人で!?」

予想外の展開に、思わず大声を出してしまった。

島崎課長と堀井さんが驚いて私を見ているけれど、私はそれどころではない。課長がいたから今まで何とかなってきたのに、いきなり一人でなんて絶対無理！

「一人でも問題ないだろう？」

「も、問題あるかもしれませんっ」

島崎課長は何も言わず、眉間《みけん》に深い皺《しわ》を刻んだ。それで私は、取引先の堀井さんの前だったことを思い出し、慌てて口をつぐむ。

「それでは失礼します」

島崎課長が軽く頭を下げ、私も急いでぺこりとお辞儀をして課長のあとを追いかける。

「早瀬さん――」

肩をぽんと叩かれ、振り返った。

「よかったね。一人前だって認められたんじゃない？」

「えっ？」

堀井さんの言葉に、私は彼をまじまじと見つめた。

「認められた？」

私のがんばりを、島崎課長が認めてくれたの？

本当にそうなのだろうか。だとしたら、こんなに嬉しいことはないのだけれども。

「あのっ島崎課長、どうしてですか？　しばらくは一緒だとばかり……」

ビルを出たところで尋ねると、島崎課長はメガネを押し上げながら言いにくそうに答えてくれた。

「……実は、新人の海老原が得意先からクレームを受けた。これからは、そちらにつきっきりになりそうだ」

「えっ」

ということは、島崎課長は私を一人前と認めてくれたわけではなく、やむを得ず私を独り立ちさせるってこと？

「まあ、多少心配はあるが……いや、早瀬君なら大丈夫だろう。自信を持ちなさい」

今、心配だって言ったじゃん！

「そんなぁー」

今まで課長と一緒に回った数社は新商品を気に入ってくれて、このまま問題なく話が進めば契約成立となる予定ではある。順風満帆《じゅんぷうまんぱん》と言えば確かにそうかもしれない。けれど……

「本当に私一人で大丈夫だと思う？」

私は鞄《かばん》を開き、中の水晶玉に尋ねてみた。水晶玉は、真上に昇った太陽の光を反射しただけで、何も教えてはくれなかった。

金曜日、定時で帰ることができた私は、マダム・オルテンシアの館《やかた》へ行くことにした。水晶玉のお礼がしたかったし、運命の人が見つかったと報告もしたかったから。

「あら、いらっしゃい子羊ちゃん。そろそろ来る頃だと思っていたわ。運命の人は見つかったみたいね」

マダム・オルテンシアは私を見るなりそう言った。数ヶ月前に一度来ただけだったのに、私のことを覚えていてくれたらしい。

「そうなんです、聞いてください！」

私はマダム・オルテンシアに、企画商品が選ばれたことと営業部へ異動したこと、それから上司になった島崎課長が運命の人だということを話して聞かせた。

「水晶玉パワーもすごいんですよ！」

「喜んでもらえてなによりだわ。せっかく来てくれたんだから、パワーをチャージしておくわね」

そう言うと、マダム・オルテンシアは目をつむり、私の水晶玉に手をかざした。

「さて、今のままで満足しているようだけど、アナタ本来の目的を忘れてるでしょ？」

「目的？」

「そうよ。いつまで上司と部下の関係を続けているの？　言ったでしょう、恋人同士にならなきゃいけないのよ」

「そ、それは、わかってますけど……」

でも、どうやって？　今以上に距離を縮めるべきなのはわかるけれど、そのためにどうしたらいいのかがわからない。

不安と恐怖しかなかった営業部の仕事が、最近やっと楽しくなり始めたところなのだ。島崎課長と一緒にいる時間だってこれからもっとあるだろうし、下手に動いて今の関係を壊したくない。だったら、もう少しこのままでもいいと思わない？

「……そんなに急がなくてもいいかなって」

「もう、そんなこと言ってちゃだめよ。いいこと？　人はね、運命の人じゃなくてもその場のノリや雰囲気で付き合ったり結婚したり、子供を産んで育てることもできるのよ。世の中には運命の人と巡り会って結ばれる人は数パーセントしかいないの。言ってることわかる？」

「え、そうなんですか!?」

「恋愛や結婚の相手が必ず運命の人だとでも思ってた？　そんなわけないじゃない」

そういうのは運命の人とでなければできないのかと思っていたけれど、どうやら違うらしい。

運命の人を見つけたら、急がなくても自然と幸せになれる――そう思っていた。それだけに、マダム・オルテンシアの言うことは寝耳に水だった。

「そんな簡単に運命の人と幸せになれたら、世の中には不倫も離婚もありゃしないわよ！」

「そう言われれば、そうですよね……」

マダム・オルテンシアの言うことはもっともだ。

「もたもたしてたら手遅れになるわよ。チャンスを見つけたらガンガン攻めなさい！」

「は、はい……！」

相手の勢いに押されて、私はうなずいていた。

「そんな子羊ちゃんには、これ」

マダム・オルテンシアが机の下から何かを出す。

「これは？」

フェルトが張られたトレイの上には十二個のネックレスが並んでいた。

「幸運の誕生石ネックレスよ。子羊ちゃんはたしか六月生まれだから、ムーンストーンね」

右から六番目のネックレスを掴《つか》み、私の目の前に持ち上げる。

それには小指の爪ほどの乳白色の石が付いていた。

「がんばる子羊ちゃんをきっと助けてくれるわ。今なら七千七百七十七円だけど、どうする？」

「それ、買います！」

「毎度ありーっ」

　これがあれば島崎課長との仲も、一人で行かなければならない打ち合わせもなんとかなるかもしれない！　私は手の平のネックレスを見つめ、大事に握りしめた。


　それから数週間後、ホーリーマーケティングへ初めて一人で訪問する日になった。

　遅刻してはいけないという思いと不測の事態を想定して、私は約束の一時間前に着くように会社を出発した。

　ところが、乗っていた電車が人身事故で運転見合わせになり、焦って別の電車に飛び乗ったら、間違えて反対方向に向かってしまったのだ。急いで乗り換えたところ、今度はそれが特別快速電車で目的地を通りすぎてしまい……結局到着したのは約束の時間ぴったりだった。

　おまけに、人身事故で遅れていた電車はいつの間にやら運転再開していたらしく、その電車を待っていてもじゅうぶん間に合っていたのだ。

「な、なんで……」

　この一時間、無駄に体力を消耗した私は、肩で息をしながら呆然とする。

　島崎課長が一緒にいないだけで、忘れていた不運が戻ってきた？

「ちゃんと仕事してよ、ムーンストーン！」

私はホーリーマーケティングの入った高層ビルの前で、首から下げた乳白色の石に八つ当たりをする。

それともこれを不運と取らず、逆に間に合ってラッキーだってとらえるべき？

「はぁ……」

いつも隣にいた島崎課長はいない。本当に一人で大丈夫なのだろうか……不安しかなかった。

重い足取りで受付に来訪を告げると、受付の女性は輝くような笑顔で応対してくれた。

お待ちください、と言いながら、私の周囲を何気なく見回している。

残念ですが、今日は島崎課長は一緒ではありません。

ぽつりと心の中で呟《つぶや》く。

怖い人フィルターを外して見た課長は、みんなが言うように男前なのだと認めざるを得ない。受付の女性が、島崎課長を相手にすると笑顔が三割増しになることに、私はこの前来た時に気付いてしまったのだ。

そんなことを思いながら人間観察をしていたら、いつの間にか横に堀井さんが立っていて、不思議そうな顔で私を見ていた。

「あ、こ、こんにちはっ」

「はい、こんにちは。今日はよろしくお願いします」

「こ、こちらこそよろしくお願いします！」

さあ、がんばれ私！

電車が遅れて大変でした、なんて雑談を終えると、私は数種類のイラストをテーブルに並べた。

「これがご提案する商品案です！」

一人で来ることが決まってから、私はかなりのシミュレーションを積んできた。ちなみに念には念を、とコーヒーは真っ先に飲み干していた。これで零《こぼ》す心配をせずに商品の説明ができる。

「へえ、ハニーちゃんも衣裳を替えるとずいぶん印象が変わるんだなぁ」

「そちらはAラインドレスのマリー・アントワネット風です。こちらはハイウエストドレスで、コンセプトはロミオとジュリエットのジュリエットなんですよ」

商品案のイラストは、私の下手くそなイラストを企画部の人に身振り手振りで説明して清書してもらったもの。

「色も数種類用意しました。ハニーちゃんはドレス、はちみつ王子は王冠とベストの色を変えています」

「いいね。女の子が好きそうだ」

よし、掴《つか》みはオーケーっぽいぞ。

「あと、先日お話しした香りの件ですが、キャップ部分のハニーちゃん個体か、インクを香り付きにすることができるそうです。ですが、そのためには単価を上げることになりそうで……」

「なるほど……できればそれは避けたいな」

「了解しました。価格については島崎が同行した時に改めてお願いします」

それからたっぷり一時間話し合って、改善点や向こうの要望を聞いた。

「では修正したものはメールで送ってください。締め切りは今月中でいいですか？」

「はい、わかりました！」

こうして私は、何とか問題を起こさず任務をやり遂げた。

まあ、すべては事前に島崎課長から渡された『確認することリスト』のおかげなのだけれど。

テーブルに散らかした資料をまとめて鞄《かばん》に詰めていると、堀井さんがじっとこちらを見ていることに気付いた。

「それ、かわいいネックレスだね。もしかして島崎さんから？」

「あ、これですか？　これは占い師の人から格安で譲ってもらった私のラッキーアイテムなんです」

「ラッキーアイテム？」

「はい。効き目は現在、検証中です」

付けていても、朝からひどい目にあったけれど。

「早瀬さんは占いが好きなんだ？」

「そういうわけじゃないんですけど。よく当たると言われている占い師の方がいて……あ、堀井さんも占いに興味ありますか？」

「はは、占いは電車内のモニターに流れる血液型占いしか見てないな。今日のA型は忘れ物に注意だそうだよ」

「ふふ、忘れ物は大丈夫でしたか？」

「忠告通り、気を付けているからね」

そう言いながらも、堀井さんは占いの結果なんてたいして気にしてなさそうだった。

「堀井さんはA型なんですね。もしかして獅子《しし》座だったりしますか？」

「あれ、知ってたの？」

「えっ、そうなんですか？」

会話の延長でつい尋ねてしまった質問が、思わぬ情報を私に与えた。

「僕は八月二日生まれの獅子座です」

「え……ええっ!?」

Ａ型で獅子《しし》座で、生年月日に二が付いていて――

「あの、すみません。ちょっと右手を見せてもらってもいいですか？」

「いいけど……」

私は差し出された右手を引っくり返して手の甲を見た。

「う、嘘でしょ……」

堀井さんの手の甲にはホクロがあった。

「早瀬さん？　そんなに強く手を握られると、ドキドキしちゃうんだけど」

「わ、私もドキドキしてます！」

だって、堀井さんも島崎課長と同じ、私の運命の人の条件にぴったりだったのだから。

どうして？　どうして二人もいるの!?　私の運命の人は二人いるってこと？

いやいやいや、そんなはずは……

私はホーリーマーケティングを出ると、その足でマダム・オルテンシアの館《やかた》へ向かった。お昼休憩がなくなって昼食抜きになってもかまわない。

私が訪ねると、マダム・オルテンシアはいつもの妖艶《ようえん》な笑みを浮かべて教えてくれた。

「条件に見合う人は何人かいるかもしれないけれど、子羊ちゃんの運命の人はたった一人よ。それが誰だかは、アタシじゃなくて子羊ちゃんの心が知ってるハズ」

そんなことを言われて、私は余計に混乱する結果になってしまったのだった。

私の運命の人は島崎課長。ずっとそう思っていたのに、もしかしたら違うのかもしれない。

無表情で仕事に厳しくて、でもそれだけじゃないことは、今日まで一緒にいて知った。もっと知りたい。もっと仲良くなりたいと思っていたところに、突然もう一人の運命の人候補が現れた。それが堀井さんだ。

堀井さんは穏やかで笑顔が素敵な、まさに王子様みたいな人。数回しか会ってないけれど、優しそうでいい人だと思う。一緒にいたらこっちまで穏やかな気持ちになれるんだろうなと思う。

それじゃあ、私はどうしたいのだろう？

何度も自分の心に聞いてみたけれど、答えは出なかった。マダム・オルテンシアは私の心が知っていると言っていたのに。

「わかんない。運命の人はどっちなの……」

わかるのは、もしかしたら、私の運命の人は島崎課長じゃないかもしれない、ということ。そう思ったら、何だかもやもやした気持ちが胸の中に渦巻いて落ち着かなくなった。

「ちょっと、早瀬さん！　印刷するのに何時間かかってるのよ！」

コピー機の前でぼうっと突っ立っていると、頭から湯気《ゆげ》を出したような小林さんが現れた。腕を組んで仁王立ちしている。

私は印刷室で会議資料をコピーしていた。それが終わるのを待っていたはずが、いつの間にか考え事をしていたようだ。

「ご、ごめん、もうすぐ終わるから――あ、紙が切れてたみたい。これじゃ、いつまで待っても終わらないよね、あははは……」

「アハハ、じゃないわよ！　明日の会議の準備が終わらないと帰れないのよ！　会議室の準備終わらせて戻ったらいないし。今何時だと思ってるの!?」

時計を見ると、もう七時を過ぎていた。印刷室に来たのは六時ちょうどだった気がする。小林さんが怒るのも無理はない。

「ごめん、急ぐから」

明日は四半期に一度行われる経営会議がある。準備のために残っているのは、クレーム処理中の海老原君を除いた新人二人と、小林さんと私だけ。

すでに会場設営は終わっていて、あとは印刷した資料をホッチキスで綴《と》じてテーブルに並べるだけだった。

小林さんの鋭い視線を背中に感じながら、私は急いでコピー用紙をセットする。

再びコピー機が動き始めると、小林さんは足音も荒く営業部のフロアへと戻って行った。

いけない！　仕事に集中しなきゃ……

私は時計を何度も見ながら印刷を終わらせ、急いで戻った。これ以上小林さんの機嫌を損ねるわけにはいかない。

「お、お待たせ、あとはホッチキスで綴じるだけだか、らあっ！」

両手でかなりの量の紙束を持っていたせいで足元が見えなかった私は、床に置いてあったカタログ冊子に躓《つまず》いてしまい、手に持っていた資料を派手にまき散らしたのだ。

「あーっ！　なんてことしてくれるのよ！　これじゃ順番がバラバラじゃないの！」

「ご、ごめん……」

顔色を変えてヒステリーを起こす小林さんには謝ることしかできない。後ろの方では新人二人がその剣幕に怯《おび》えたように小さくなっていた。

私の不運に巻き込んでしまったような気がして申し訳なく思う。

何度も謝って小林さんをなだめながら、私たちはちらばった資料を集めて順番通りに並べ直した。

「まったくもう、九時からのドラマに間に合わなかったら早瀬さんを一生恨《うら》むからね」

「うっ……」

それはちょっと勘弁してほしい。小林さんが一生と言ったら、本当に一生恨まれそうだから。

「あれ、この数字直ってない……ちょっと待って」

半分ほどホッチキスで綴《と》じ終わった頃、小林さんが資料を見て何かに気付いた。

「やっぱり……早瀬さん、この会議資料間違ってるわよ。あなたが印刷したやつ、修正前のものじゃないの」

「え、でも部長からメールに添付されてた資料を印刷したんだけど」

「これのあとに修正後の資料が送られてきてたでしょ？」

「うそ、知らない……」

私は急いでパソコンのメールボックスを確認した。未読メールの中には部長から修正後のメールが確かに届いていた。

「ほ、本当だ……どうしよう。ごめんなさい」

「いい加減にしてよ！　どうして私たちまで早瀬さんのミスに付き合わなきゃいけないのよ！」

「本当にごめんね……あの、資料の差し替えは私がしておくから、みんなはもう帰って？」

「当然でしょ！　差し替え終わったら会議室に持っていって並べるのも一人でやっといてよ！」

「はい……」

申し訳なさそうな顔をする新人二人と、これでもかというくらい怒り狂う小林さんが帰ると、私は一人、修正のあったページを印刷し直した。差し替え作業をしながらため息を吐く。

「……ここ最近はうまくいってたのにな」

幸運とは言わないまでも、大きな問題は起こさずに過ごしてきていた。それが、島崎課長と一緒に行動しなくなった途端、元に戻ったみたいだ。

「そういえば、ずっと会えてない……」

島崎課長とは、先週の金曜日の朝礼を最後に、しばらく会っていなかった。新人の海老原君のクレーム対応のため、終日外出しているからだ。

何故か急に淋しさを感じて、それを紛らわせるように明るい歌を口ずさみながら、一時間ほどかけて該当ページを差し替えた。ようやく資料を会議室に並べ終えフロアに戻ると、外はもう真っ暗になっていた。

自分のデスクの上を片付けながら、私はちらりと横を見る。

島崎課長のデスクの上には確認待ちの書類が数枚並べられていて、本人の帰りを待ちわびているようだった。

そう、まるで私のように……

無意識に手を伸ばし課長の席の椅子《いす》を引く。このフロアには、今は私以外誰もいない。ドキドキする胸を押さえながらそっと腰を下ろす。

「わ、緊張する」

座高が高すぎて、私が座ると床にはつま先しか届かなかった。ちょいちょいと少しずつ前に移動して、両手をデスクに乗せ、島崎課長がいつもしているように背筋を伸ばして前を向く。

お誕生日席になっている課長の席は全体が見渡せて、フロアがいつもより広く感じられた。

「なんか、課長のにおいがする……」

つい気持ちが声に出てしまい無性に恥ずかしくなった。やましいことなんて考えてない、と誤魔化《ごまか》すようにパチンと両手を合わせ、目をつむる。

「えっと、明日はいいことありますように。どうかどうか、お願いします！」

ここでお祈りすればきっとご利益《りやく》があるはずだ。私は島崎課長を想いながらお願いした。

「さ、帰ろう」

そう思ったものの、この椅子《いす》から離れ難い。もう少し座っていたくて、つま先で床を軽く蹴って椅子をくるくると回転させる。

目の前の景色がめまぐるしく変わっていく。営業部に配属されて三ヶ月、こんなふうにあっという間に過ぎていったなぁ、なんて物思いに耽《ふけ》っていると、誰もいないはずの廊下から足音が聞こえてきた。

「あ、島崎課長！」

早速ご利益があったのか、五日ぶりに島崎課長と会うことができた。

私が駆け寄ると、課長は驚いた顔をした。

「どうした？」

あ、別に用事なんてなかったんだ。

「いえ、あの……お帰りなさい！」

「ああ、ただいま。まだ帰っていなかったのか？」

「えっと、まだ仕事が残ってて。でももう帰るところです」

「そうか」

島崎課長は、きちんと締まっていたネクタイを軽く緩《ゆる》ませながら呟《つぶや》いた。

「あの、コーヒーでも淹《い》れましょうか？」

もう少し話していたくて、私は思い付いたように提案をする。

「帰るんじゃなかったのか？」

「会社を出るのは、今でも十分後でも変わりませんから」

頼む、と言いながら島崎課長が自分の席に行き、背中を向けていた椅子を戻して座った。

「あ、ごめんなさい！」

「まったく、人の椅子《いす》で遊ぶんじゃない」

口調はいつものように何の感情もこもっていないようだったけれど、ほんの少し微笑《ほほえ》んでいた。

いたずらが見つかったのに、なんだか嬉しくてくすぐったい。

ちょっと前の私だったらパニックに陥《おちい》っていただろう。いや、その頃の私だったら、そもそも課長の椅子に座ろうだなんて思わなかったけど。

「どうした?」

「ふふっ、なんでもありません」

そんなことを考えていたら、また島崎課長をじっと見てしまっていた。

「ちょっと待っててくださいね」

私は給湯室でコーヒーを淹《い》れて戻った。ついでに自分のデスクの引き出しを開けて、隠していたチョコレートを片手で取れるだけ掴《つか》み、島崎課長のデスクに置く。

課長は突然出現したお菓子に眉を上げた。

「チョコレートは疲れてる時にいいんですよ」

私は小腹が空《す》いた時にも食べているけれど。

「あ、ビターなので甘いのが苦手でも大丈夫かと……」

そういえば、島崎課長が甘いものを食べているのを見たことがないと気付き、私は慌て付け加えた。

「ありがとう」

そう言って、課長がチョコを一粒、口に放り込んだ。たったそれだけのことなのに、なんだか無性に嬉しくなった。

「どういたしまして」

誰もいないフロアに二人きり。こんなことは初めてだ。

二人きりを意識すると、心臓がドキドキとうるさく脈打ち始めた。

やっぱり、課長が私の運命の人なのだろうか？

島崎課長といると、ドキドキする。もっと話していたいと思う。

一緒にいられなくて淋しい。五日ぶりに会えて嬉しい。

笑顔を見せてほしい。笑ってほしい、私に微笑んでほしい。

マダム・オルテンシアは私の心が知っていると言っていた。なら、今課長に対して感じているこの気持ちが答えなの？

「何か悩んでいるなら聞くぞ」

「え……？」

「違うのか？　何か言いたそうにしているから」

「あの、えっと……」

教えてください島崎課長。あなたは私の運命の人ですか？　私のこの気持ちは何でしょうか。

……聞けない。

「いえ、なんでもないです。何も悩んでいません」

運命の人と恋人になれなければ、私は一生不幸な生活から抜け出せない。それが島崎課長じゃなかったらと思うと怖くて確かめることができなかった。

「……そうか。根《こん》つめる前に、言いなさい」

「はい」

どうしてだか鼻の奥の方がつんとして、涙が出そうになった。

島崎課長が私の運命の人だったらいいのに……

がくんと揺れて目を覚ました。しばらくうとうとしていると聞き覚えのあるメロディが聞こえてはっとする。

「やばっ」

急いで立ち上がり、電車内に乗り込んでくる人の間を縫《ぬ》ってなんとか出口に向かう。

「すみません、降りますー」

発車のメロディが鳴り終えたと同時に車外に飛び降り、すぐあとに背後でドアが閉まった。

「ふう」

危なく乗り過ごすところだった。

今日は朝食のトーストを黒こげにした時からずっと嫌な予感がしていた。

きっと選択を間違えたら、こんな日がずっと続くのだろう。

私の運命の人は誰？　島崎課長であってほしいと思っている私がここにいる。でも、もし違ったら？

私は一生不幸なまま。そんな不安がつきまとい、私は何も行動できなくなってしまう。

睡眠時間を減らしながら毎日のように考えているのに、答えはまだ見つからない。

小さなあくびを漏らし自動改札機に定期を当てると、アラームが鳴りバーが閉まった。

「うわっ」

私が手に持っていたのは定期入れではなくスマホだったのだ。改札口の波が止められて、後ろの人の視線が突き刺さる。

「す、すみません」

私は改札の列から抜け出てバッグの中から定期を探し、並び直した。

自分でもぼうっとしすぎだという認識はある。減っていたはずの小さなミスも増えてきていて、このところ毎日、出社すると島崎課長に提出しておいた書類が付箋《ふせん》だらけで戻されていた。

「わああ……」

今日もデスクの上の書類を見て、どさりと椅子《いす》に座る。

一枚ずつ確認してみると、どれもこれも気を付ければ間違えたりしない、ちょっとしたミスばかりだった。

忙しい島崎課長の大事な時間がこんな私のために使われていると思うと申し訳なくて、心の中で何度もすみませんと謝った。

課長は今日も朝から外出中。ホワイトボードを見ると、海老原君と共に戻り時間は未定となっていた。

あれから二週間、課長とは会えていない。

運が悪いから課長と会えないのか、会えないから運が悪いのか。それとも私の運命の人は堀井さんなのか……

とまあ、こんなふうに余計なことばかり考えているからミスが増えてしまう。

頭を切り替えて、目の前のことに集中しなければ！

手帳を開き、スケジュールを確認する。

「今日は十時から企画部と打ち合わせ。パッケージデザインを決めて、明後日までに堀井さんにメールすること！」

週に一度の打ち合わせは、島崎課長が他のことに手一杯なので私が一人で出席している。

議事録や不明点を課長にメールで送っておくと、翌日には——正確には夜に返信が来ているから、私一人でもなんとかなっているのだ。

「書類の直しは午後にすることにして、まずは打ち合わせの準備をしなくちゃ」

デスクの引き出しからファイルを取り出し資料を揃える。

しっかりしろ、私！

………と気合いを入れたものの、出席した打ち合わせでは、なかなか私の言いたいことを伝えられず、一時間の予定が二時間も経ってしまっていた。

気付いたら十二時で、もうお昼だからと解散することになった。悄然《しょうぜん》として食堂に行くと、青木さんに声をかけられる。

「よ、お疲れだね！」

「あ、お疲れ様です、青木さん」

おいでおいでと手招きされ、私はきつねうどんをトレイにのせて青木さんの隣に座った。

「どう？　営業部がんばってる？」

「まあぼちぼち……さっきまで企画部の人と打ち合わせをしてました」

「それにしては浮かない顔ね？　どうしたの？」

「ええと、私の言いたいことがうまく伝えられなくて……」

私はちょっとだけ愚痴を零《こぼ》した。青木さんはカツ丼を食べながら黙って聞いてくれた。

「へえ、でもがんばってるんじゃん」

「全然だめです。島崎課長からメールで届く『確認することリスト』がなくちゃ打ち合わせもまともにできないですし」

誰かに道を示してもらわないと私は何もできない。道案内がいないと、途端に迷ってしまう。

だから運命の人が誰かもわからない。自分のことなのに、自分のことが全然わからない。

「他にも迷ってることがあって、それは答えを自分で見つけなくちゃいけないんです。だけど、それが難しくて……」

「ほうほう、その答えがわからないと？」

私はこくりとうなずいた。

「それが何かはわからないけど、でもさ、一歩ずつは進んでるんでしょ？　そんなに急がないといけないこと？　ちょっと立ち止まって振り返ってみれば、案外答えが見つかるかもよ」

「そうでしょうか」

「営業部に異動してまだ三ヶ月しか経ってないじゃない。そんなに全速力で走らなくても大丈夫。ゆっくりがんばりなさいな」

青木さんが私の頭をぽんぽんと撫《な》でてくれた。

「はい。ありがとうございます」

未来ばかりを見ていないで、ちょっと立ち止まって過去を振り返れば、何かわかるかも……しれない？

「まあ、おっちょこちょいなところは、直した方がいいけどね」

「うっ、それは……気を付けます」

なんだか青木さんと話せて、心が軽くなった気がした。

「ゆっくりがんばる……うん、そうしよう！」

自分の席に戻り、島崎課長から戻された書類を修正するため、邪魔な前髪をピンで留《と》める。今の私はやる気まんまんだ。

軽いタッチでパソコンのロックを解除すると、日付とタイトルしか入力されていない議事録テンプレートが開きっぱなしになっていた。

「うわ、島崎課長に打ち合わせ議事録をメールしなくちゃいけないんだった」

会議が終わってから作成しなければならない議事録を作り忘れていたのだ。

ゆっくりがんばろうと思った矢先に、早速やらかすところだった。

「はぁ……私ってなんでいつもこうなんだろ」

少しだけ落ち込みつつ、引き出しの中の資料を探す。

「……あれ？」

けれど、そこにあるはずの会議の資料が見つからなかった。

「午前中に打ち合わせして、そのあとは……そうだ、食堂に寄ってそのままお昼ご飯食べたんだ」

そこに忘れたのだろうと、私は食堂へ向かい、青木さんと座っていた席の周囲を探した。

「あれ、おかしいな……」

けれど、私のファイルは見当たらなかった。会議室にも戻ったけれど、そこにもない。

「う、嘘でしょ……」

どうしよう、極秘資料も入ってるのに……まさか、失くした？

事の重大さに気付き、私の顔からさあっと血の気が引いた。

資料の中には、ホーリーマーケティングの発表前のキャラクター、はちみつ王子のイラストが入っている。それは社内外問わず、取り扱いには注意が必要なもの。

堀井さんにもそう念を押されていたのに、それを失くしたなんて……言えない。絶対に言えない。

「どうしたの早瀬さん？」

営業部のフロアに戻り、再度デスクの周りを探していると、通りかかった小林さんが尋ねてきた。

「あ、えっと私のファイル知らない？　午前中に打ち合わせで使ってたやつなんだけど」

「そんなもの知らないわよ。やだ、失くしたの？　ちゃんと管理してないからでしょ」

小林さんは私の様子を見て意地悪そうに笑った。

「ぼうっとしてるから極秘資料なんて失くすのよ」

確かにその通りだ。

最近の私は注意力が散漫で、島崎課長にも小林さんにも迷惑をかけている。

……最悪だ。

私はもう一度食堂と会議室を回って、その足で商品管理部の青木さんにも聞きに行った。

「ファイル？　食堂では持ってなかったと思うよ。だって一緒に食べよって誘った時、すぐきつねうどん持ってきたでしょ。何か持ってたら邪魔になってたんじゃない？」

「そういえば……」

だとしたら、やっぱり会議室なのだろうか。それとも企画部の誰かが間違えて持っていった？

「大事なもの？　一緒に探そうか？」

「あ、いえ大丈夫です。お騒がせしてすみません」

青木さんと別れて会議室に戻り隅々まで探した。企画部にも行って聞いてみたけれど、やはり見つからなかった。

「ど、どうしよう……」

失くしてしまった。あんなに取り扱いに注意しなきゃいけない資料なのに失くしてしまったのだ。

どうしよう、どうしよう、どうしよう。

席に戻り頭を抱えながら、もう一度、出社した時からの行動を順番に思い返す。

「あら、まだ見つからないの？」

小林さんはコーヒーを片手に椅子《いす》を左右に動かしながら、私の様子を見てにやにやしていた。『他人の不幸は蜜の味』と顔に書いてある。

——ちょっと待って。小林さんはあの時なんて言った？

ピンときた私は席を立ち、小林さんの横に立った。

「……何よ？」

「小林さん、私のファイル持ってるでしょ」

「は？　そんなもの持ってないわよ」

きっと睨《にら》まれ、思わず怯《ひる》みそうになる。だけど……

「う、嘘だよ。私、ファイルに極秘資料が入ってるなんて一言も言ってない」

さっき小林さんは、私が探しているファイルを極秘資料だと言った。

それを知っているのは、中を見た人だけだ。

「返して！」

小林さんは足を組み直し、無言で私を睨む。そして、デスクの引き出しを開けてファイルを取り出した。

それは失くした私のファイルだった。

「ほら言ったでしょ、ぼうっとしてるから大事な資料を失くすのよ」

小林さんはファイルをデスクの上に投げるように置いた。

私は急いで中身を広げ、資料がすべて揃っていることを確認する。

「いい勉強になって良かったわね」

「ひどい……小林さんが盗ったんじゃない！」

「あなたが会議室に忘れてるから、持ってきてあげたんでしょ。そうやって被害者ぶるのやめてよね」

「だったら、さっき聞いた時にすぐ返してよ！　私が探してたの知ってたでしょ！」

「生憎《あいにく》だけど、早瀬さんをずっと観察してるほど私は暇じゃないの。元はと言えば、会議室に忘れた誰かさんがいけないのよ」

そう言うと、小林さんは椅子《いす》にかけていたスーツの上着を着てバッグを持った。

「島崎課長には黙っててあげるわよ。見つけたのが私だったことに感謝しなさい」

そして小林さんはホワイトボードに外出と書き、そのまま出て行ってしまった。

いつもの私なら、ここで引き下がっていた。でも今回は我慢ができなかった。

「小林さんっ」

追いかけて、エレベーターの前で呼び止める。

「何よ」

「中身、見たの？」

小林さんはにやりと笑った。

「……はちみつ王子？」

私の顔色が変わったことに気付いた小林さんは目を細める。

「誰かに言うつもりはないわ。今のところは。まあ、酔っぱらったら口が軽くなっちゃうかもしれないけどね」

「……どうしていつも、そんな意地悪ばっかりするの？」

「は？　私がいじめてるみたいに言わないでよ」

「その通りじゃない！」

「ちょっと自意識過剰なんじゃない？　悲劇のヒロインぶってる暇があるなら、自分のミスを減らしなさいよ。島崎課長が可哀想だわ。こんな人の面倒まで見なきゃいけないんだから。あなたなんて、おとなしく商品管理部にいればよかったのよ。目障りだわ！」

小林さんは叩くようにエレベーターのボタンを押した。

「ああ、でもそしたら商品管理部の人が可哀想ね。早瀬さんは言われたこともまともにできない、迷惑なお荷物なんだから！」

その瞬間、私は腕を振り上げた。はっとする小林さんが、スローモーションのように目に映る。

けれど、思い切り振り下ろした私の手は、小林さんの頬を打つ前に止められた。

私の腕を掴《つか》んでいるのは島崎課長だった。

ちょうど到着したエレベーターに乗っていたらしい。一緒にいた海老原君もその様子を見ていたらしく、驚いた表情をしていた。

「何をしている？」

島崎課長の静かな声を聞いて、瞬時に冷静さを取り戻した。

私は怒りに任せて、小林さんを引っ叩《ぱた》こうとした――？

自分のしようとしたことに驚愕する。腕の力が抜けると同時に、島崎課長が私の手を離した。

「こんなところで、何をしているんだ？」

私も小林さんも何も答えない。気まずい沈黙が辺りを包む。無関係の海老原君は、所《しょ》在《ざい》なさげに硬直していた。

しばらくすると、はあ、と島崎課長の疲れたようなため息が聞こえる。

「小林君は、今日は高田《たかだ》商事に行く日か？」

「はい、そうです」

「ならば早く行きなさい」

小林さんが海老原君と入れ替わるようにしてエレベーターに乗る。

「海老原は戻って報告書」

「は、はい！」

「早瀬君は第一会議室で待っていなさい」

私は返事をしなかった。

島崎課長と海老原君が営業部のフロアへ戻り、その場に一人残された私は会議室へと向かった。

中に入り、電気も付けずに手前の椅子《いす》に座る。

閉められたブラインドから少しだけ光が入ってきていて、ほんのり明るい。

膝の上の自分の両手を見下ろした。わずかに震えている。

私は今まで、人を殴ろうなんて思ったことはなかった。今日、生まれて初めて人に向かって手を上げた。怒りで自分を抑えられなかった。

どうして？　それは、小林さんに事実を突きつけられたからだ。

〝早瀬さんは言われたこともまともにできない、迷惑なお荷物なんだから！〟

自分でもわかっていたこと。それを面と向かって言われて、かっとなった。

それをよりによって島崎課長に止められた。

過程はどうであれ、私は怒りにまかせて暴力を振るおうとしたのだ。

振り上げた右手を左手でぎゅっと掴《つか》む。爪が食い込み、痛みが走った。

どれくらいそうしていたのかわからない。人の気配に気付いて力を緩《ゆる》めると、右手にくっきりと三日月型の爪痕が付いていた。

隣の椅子が引かれて島崎課長がそこに座る。

「さて、何があった？」

「…………なんでも、ありません」

私は俯《うつむ》いたまま答えた。島崎課長の顔が怖くて見られなかった。

「言い方を変えよう。どうして小林君を叩こうとしたんだ？　何か言われたのか？」

「たいしたことじゃないです」

「俺にも言えないことか？」

島崎課長には言えない。言いたくない。

きっかけは小林さんが私の資料を隠したから。けれど、元はと言えば私が会議室に資料を忘れたのが悪い。

小林さんのしたことはひどい。でもそれは私のミスから生じたことなのだ。私の不注意で極秘資料を失くすところだった。そんなことを島崎課長には知られたくない。これ以上、島崎課長をがっかりさせたくない。だから話せない。話したくない。

「島崎課長には関係のない……プライベートなことです」

だから私は何も言わなかった。卑怯だってことはわかってる。でも、自分の失敗を島崎課長に知られたくなかった。

「…………そうか」

長い沈黙のあと、島崎課長が立ち上がる。

「会議室は使用中にしておくから、落ち着いたら戻りなさい」

「……はい」

島崎課長は来た時と同じように静かに去っていった。

課長はきっと幻滅したに違いない。一人になった途端、堪《こら》えきれない涙が流れた。

6

翌朝、足取りも重く出社すると、終日外出中だと思っていた島崎課長がいた。

そのまま回れ右をして逃げ出したくなったけれど、次の瞬間、ばっちり目が合ってしまった。

覚悟を決めて、何事もなかったかのように自分の席に向かう。

「おは、おはよう、ございます」

島崎課長を前にすると、どうしても昨日のことを意識してしまい声が震えた。

「おはよう」

島崎課長はいつもと同じような淡々とした挨拶《あいさつ》だったけれど、なんだか前よりもそっけない態度に感じるのは気のせいだろうか。それともそう感じているのは、課長に対して負い目があるから？

ううっ、なんか気まずい……

どうやら海老原君のやらかした問題は昨日で片が付いたらしく、彼も清々《すがすが》しい顔をして出社していた。

昨日、あのあとはあまり余裕がなくて、周りの様子なんて気にするどころではなかったけれど、一日経って冷静になってみると、気まずい。すごく気まずい。

島崎課長もそうだけれど、海老原君や小林さんとも顔を合わせなければならないのだと考えただけで気分が滅入《めい》る。

ちなみに小林さんはと言うと、私のことを完全に無視している以外は至っていつも通り。島崎課長と笑顔まで交えて話をしている。

確かにあの状況では小林さんは被害者以外の何者でもない。当然気まずくなりようがない。

そう思ったら、朝からものすごく気分が落ち込む。小林さんは楽しそうに笑えるのに、私は笑えない。

「早瀬君、ちょっといいか」

「え――あ、はい！」

パソコンのモニターを睨《にら》んでいたら島崎課長に声をかけられて、私は急いで立ち上がった。昨日のことについて何か言われるのではないかとビクビクしながら課長のもとへ向かう。

「議事録と一緒に送ってもらった資料だが――」

けれど、島崎課長は昨日のことにはまったく触れずに淡々と指示を出し始めた。

課長にとっては、さして気にするほどのことではなかったのかもしれない。私だけが気にしていて、気まずい思いを引きずっている。

「――以上の点をもう一度確認しておくように」

島崎課長と目が合い、私は急いで逸《そ》らした。

「早瀬君？」

「は、はい。わかりました」

どうしても顔を上げられなくて、私は資料を確認するふりをしながら答えた。

「それから、星野商事とヒヨコ屋本舗は今後、木下に担当してもらうことにした」

「え？」

どうして？　どうして突然、担当を外されたの？

その二か所は、課長と一緒に新商品を売り込みに行っていた得意先だった。

島崎課長が忙しくなってしまったので、木下さんに教わりながら話を進め、他の店舗よりも一週間早く商品を納品することを条件に、関東と関西の都市部店舗に置いてもらうことが決まっていた。あとは細かい部分の打ち合わせをして契約書を取り交わすだけだったのに。

「あの、どうしてですか？」

「早瀬君は、今はホーリーマーケティングの案件で手一杯だろう。しばらくはそちらに集中するように」

「で、でも……」

私が食い下がる前に島崎課長の内線電話が鳴り、この話はそこで終わってしまった。

「そんな……」

私は言われたこともまともにできないお荷物——？

私の面倒をみなきゃいけない島崎課長は可哀相——？

不意に、小林さんに言われた言葉が脳裏に蘇った。私がミスばかりして、迷惑をかけているから、担当を外されたの？

「そっか、そうだよね………」

電話で話している島崎課長の横顔をぼんやりと眺める。きっと失望させてしまったんだ。そう思ったら胸がじくりと痛んだ。

「ってことで香織ちゃん、引継ぎしたいんだけど今からいい？」

席に戻ると、隣の席の木下さんがにこにこと話しかけてきた。どうやら今の島崎課長とのやりとりを聞いていたらしい。

「はい。わかりました」

「ちゃんと新商品を売ってくるから、あとのことは俺に任せておいてね」

「……あはは、契約破談になったら許しませんよ」

笑顔で答えたけれど、本当は全然笑えない。発売日に向けて色々と調整してきたことに、私はもう関われないのだ。

フロアの端にある小さな打ち合わせスペースで資料を眺めながら、楽しそうに鼻歌を歌っている木下さんを見ていたら、少しずつイライラがつのった。

「なんかこれって香織ちゃんの仕事を横取りしたみたいだよね」

「その通りじゃないですか」

木下さんの冗談まじりに話してくる態度にかちんときて、私はぶすっとしながら本音を言ってしまった。

「……はは、そうだよね。ごめんね」

木下さんは表情を改め、申し訳なさそうに頭をかいた。

「あ——ごめんなさい！」

はっとして、私は立ち上がり頭を下げた。

「今のは、その……」

木下さんが悪いわけじゃない。それなのに、突然の担当変更に納得がいかなくて、その苛立ちをぶつけてしまった。そんな愚かな自分に気付いて泣きたくなった。

「……本当にごめんなさい」

「ああ、うん。じゃあ引継ぎ始めようか」

「はい……」

私はなんて最低な人間なんだろう。担当を外されたのは当然だ。島崎課長の判断は正しい。ミスばかりで営業部のお荷物にしかなれない私なんかに任せていたら、絶対に失敗する。島崎課長はただそれに気付いただけのこと。

それでも、初めての場所で、私は私なりに努力してきた。今までのがんばりは何だったのだろうと思うと、やりきれない気持ちになった。

喜ぶべきか否か――担当がホーリーマーケティングだけになったため、時間に余裕ができた私は、そこだけに集中して仕事ができるようになっていた。

堀井さんと何度か打ち合わせを重ねて限定商品のデザインはほぼ決まり、いよいよ契約締結というゴールが見えてきていた。

今日は直接会って出来上がった見本商品の確認と、問題がなければ発売日や納期についての打ち合わせをする。

島崎課長も一緒に出かける予定だったけれど、当日の朝に堀井さんから打ち合わせの時間変更の連絡が入り、急遽《きゅうきょ》私一人で行くことになってしまった。

島崎課長とはまだ微妙な空気が続いている。だから、ほっとしたような……でも、一緒に出かければ前みたいに普通に話せるようになるのではないかという思いも少しあって複雑な心境だった。

「それでは、行ってきます」

「ああ、気を付けて」

出かける時に目が合ったけれど、島崎課長が何を考えているのかはわからなかった。ちょっと前までは少しの表情の変化でも読み取れたのに。

ダメダメ……頭を振って考えを振り払う。今は余計なことを考えてはだめ。目の前のことに集中しないと失敗する！

私は気持ちを切り替えて打ち合わせに臨《のぞ》んだ。

「突然時間を変更してしまってすみません」

「いえ、午後は予定がなかったので大丈夫ですよ」

申し訳なさそうに話す堀井さんに笑顔でそう言った。実のところ、私が受け持っている仕事はこれだけだったので、急な時間変更にも無理なく対応できたのだ。

あ、そっか。

私はやっと島崎課長の意図《いと》に気付いた。木下さんに担当が替わったあの二社を私がまだ受け持っていたら、今回のように柔軟な対応ができていなかっただろう。

「うん、これはいいね。デザインはこちらで決定ということでよろしくお願いします」

「はい、ありがとうございます！」

「あと、発売日は学生の新学期に合わせて、八月の最終週にしようと思ってるんだけど」

「はい、えっと……それなら納期も間に合いますし、大丈夫です」

手帳と資料を確認しながら答えた。

「じゃあ契約書は後ほど郵送します。ところで、このあとは会社に戻る？」

「いえ、今日は直帰予定です」

夕方からの打ち合わせだったので、出かける前に島崎課長から、終わったら直帰してもかまわないと言われていた。

腕時計を見ると、あと十分で定時退社時刻だ。早く終わったら帰りづらいなと思っていたけれど、これなら罪悪感なく直帰できそうだ。

「だったら、このあと一緒に食事でもどうかな？」

「え、お食事ですか？」

「イタリアンなんだけど、ワインがおすすめなんだ」

「イタリアンですか……」

というと、パスタやピザだろうか。この場合、誘いを受けた方がいいのかどうか迷っていると、堀井さんが気恥ずかしそうに言う。

「断らないでほしいな。今日のA型は外食が吉らしいんだ」

「あ、占いですか？」

なんだかんだ言って、堀井さんも占いを気にしているらしい。私と一緒でちょっと嬉しくなってしまう。

「わかりました、一緒に行きましょう」

先に外に出た私は、ホーリーグループのシンボルマークであるクイーン・ハニーちゃんのオブジェの前で会社に電話をする。島崎課長に打ち合わせの結果を報告し、このまま帰ることを伝えた。

それから数分後に現れた堀井さんと一緒にタクシーに乗り、イタリアンレストランへ向かう。

遠いのかなと思っていたらお店は駅の反対側で、歩けば二十分ほどの距離だった。どうしてタクシーを使ったのかと尋ねると、女性のヒールで長距離を歩かせるわけにはいかないから、とのこと。

他の女性ならまだしも、私は営業担当で移動には電車を使っているから、たくさん歩いているのに。堀井さんはとっても気遣い屋さんのようだった。

それに、お店の入り口の扉を開けてどうぞ、とレディーファーストまでしてくれて、なんて王子様なんだろうと思った。こんな風に扱われたことがなかったので、私はちょっとドキドキしてしまった。

堀井さんに連れて来てもらったレストランは、入り口からして豪華なガラス張りで、壁や壁際《ぎわ》に飾っているオブジェにはたくさんの小さな電球が付いている。その光がガラス窓や鏡に反射してキラキラしていた。

日が落ちて暗くなれば、もっと綺麗に見えるだろう。

「予約した堀井です」

迎えてくれたウェイターさんにそう言ったのを聞いて、私は驚いた。

「予約したんですか? さっき? 当日なのに?」

「え、ああ。うん、えっと……ちょうどキャンセルが出たみたいで席が空《あ》いててね」

……にしては、誘ってくれた時からイタリアンって決めてたみたいだったけど？

何かが引っかかったけれど、次の瞬間、私の中でそんな疑問は吹き飛んだ。

「わーきれー」

目の前に広がるフロアの中央には大きなシャンデリアが吊るされていた。光を反射してめいっぱい輝けるようなカットが施《ほどこ》された、無色透明のクリスタルガラスが光り輝いている。一粒一粒が本物のダイヤモンドだと言われても信じてしまいそう。

半地下構造で、入り口から左右に分かれた階段で下りられるようになっている。その階段の手すりは金ぴかで、もちろん床はふかふかの赤い絨毯《じゅうたん》。まるでヨーロッパのお城みたいだ。

先ほどの疑問も忘れて店内の装飾に魅入ってしまった。

見るものすべてが物珍しくてキョロキョロしていると、堀井さんが笑顔で言った。

「シンデレラになってお城の舞踏会に来たみたい？」

「まさにそれです！　よく私の考えてることがわかりましたね」

顔に書いてあるよ、と笑われ、私は慌てて両手で頬を隠した。

堀井さんはこういったお店に慣れているのか、パルテノン神殿みたいな柱に背中を預けて待っている。

私だったら恐れ多くて触れないと思う。

そう待たないうちにさっきとは別のウェイターさんがやって来て、私たちを席に案内してくれた。

席に着くと彼は丁寧にお辞儀をして、私たちの担当だと自己紹介をした。席に担当が付くなんて驚きだ。

「さて、何がいいかな？」

堀井さんは好きなものを頼んでいいと言ってくれたけれど、渡されたメニューには金額が書いていない。

印刷ミスかと思って他のページもめくってみたけれど、どこにも載っていなかった。

「このお店って高いのでしょうか？」

雰囲気的にそう思った。

「うーん、まああかな？　どうして？」

「あの……メニューに金額が書いてません」

堀井さんは一瞬きょとんとした顔になったあとに、くすくすと笑った。

「こういう店来たことないんだ？」

「うっ……」

それってもしかして、すっごく恥ずかしいこと？

私は居酒屋以外でお酒なんて飲んだことがなかった。食事だったらファミレスか馴染みのチェーン店しか行かないし、それ以外でも入り口のメニューボードを見て、金額を確認してから決めている。

もちろんこんなキラキラなお店は初めてだ。

そしてふと気付いた。私、男の人と二人きりでご飯を食べること自体が初めてだ！

「あのね……」

私が黙っていると、堀井さんはなんだか嬉しそうに微笑《ほほえ》みながら、自分が見ていたメニューを、トントンと叩いて教えてくれた。

「言いにくいけど、女性に渡されるメニューには金額は記載されてないんだ。男が奢《おご》るってこと。だから気にしないで選んで」

「え、ええっ」

女性が奢られる前提で入る店があるなんて！

いや、その前に奢ってもらっていいの？

相手が部長とか会社の先輩とかで、今日は俺の奢りだぞ、と言われる時の『奢り』とはだいぶ違う気がする。

今、目の前にいる相手は取引先の堀井さん。私にとってはお客さんだ。堀井さんにお金を払わせる？　私でもわかる。普通は逆だ。

「いいかい、今日は僕が誘ったの。占いで不幸にならないために。だから早瀬さんは遠慮なく奢られていいんだよ」

私の考えを読んだのか、堀井さんが言った。

本当に、いいの？

「ってことで仕切り直し。何が食べたい？」

「は、はい。えっと……」

そうしてにっこりと笑う堀井さんに押しきられてしまった。

奢ってもらうなら、なるべく負担の少ない安いものを頼むべきだ。肉なんて注文したら大変なことになりそう……

私はメニューを行ったり来たりしながら負担の少なそうな料理を探した。

魚の方がいいかな？　それともコースの方が安いのかな？

パスタも麺からして色々な種類があって、値段はおろか料理のイメージさえ湧かない。

どうしよう、わからない……

「早瀬さん、これは安いものを探して選ぶクイズじゃないんだから、好きなもの頼んでいいんだよ。あーあ、メニューのからくりなんて言うんじゃなかった」

堀井さんはメニュー表にコツンと額を当てて、私から顔を隠した。

「ご、ごめんなさい。貧乏性なもので……」

「よし、じゃあコースにしよう。肉と魚どっちがいい？」

「あ、じゃあお肉で！」

即答すると、堀井さんは私を見てから、笑いを堪《こら》えるように口元を引き結んだ。

「鳥、豚、牛なら？」

「もちろん牛です！」

「ぶはっ」

堀井さんはとうとう噴き出した。

「正直でよろしい」

ワインは飲んだことがないと言ったら、初心者でも飲みやすいものを選んでくれた。

乾杯をしてワインを一口。

「わあ、美味《おい》しい」

前菜なのかおつまみなのかわからないけど、最初に出てきたちっちゃい野菜と生ハムとチーズはすごく美味しかった。料理が美味しければ話も自然と弾む。

「へえ、大学はアメリカだったんですか？　なんかすごいですね。私、海外とか行ったことなくて」

「友達と旅行とか行かなかったの？」

「行ってみたいとは思うんですけど、なかなか……」

行かなかった理由の一つは、私が飛行機に乗ったら、墜落するかもしれないという恐怖心があるから。

高校の修学旅行は北海道だった。初めての飛行機は、私のせいかはわからないけれど、着陸の時、飛行機のタイヤが出なくて旋回しながら何度も着陸をやり直した。結局二時間遅れで新千歳空港に到着したけれど、さすがにあの時は死を覚悟した。

国際線なんて乗ったら速攻で海に落ちてしまうだろう。そう考えたら行く気も失せてしまった。

「でも、そうですね……運命の人がわかったら、海外旅行に行くのもいいかもしれません」

青い海でイルカと泳ぐ自分を想像したら口元が緩《ゆる》んだ。

「運命の人って？」

「え？」

あ、しまった！

「いえ、今の発言は忘れてください！」

私ったら、なんで声に出しちゃうかな。

ぐいとワインを飲み干し、美味《おい》しいですね、なんて話題を変えてみる。

けれど堀井さんはテーブルに身を乗り出して興味津々の様子だ。

「気になるな、早瀬さんの運命の人って誰だろうね？」

「あはは、誰でしょうね……」

「もしかして僕だったりして」

びくっと反応して、掴《つか》もうとしたフォークを落としてしまった。拾おうとしたら先ほどのウェイターさんに制止され、新しいのを用意すると笑顔を向けられた。

フォークがなければ何も食べられない。

「えっ……と」

私は視線を泳がせながら何か別の話題を探した。

「その反応……すっごく気になるんだけど？」

どうしよう、誤魔化《ごまか》せそうにない。堀井さんも話題を変えるつもりはないと言った様子で、私をじっと見ている。

「あの、気味悪がらないでくださいね。実は、占いで私の運命の人の条件を教えてもらっていて……」

私はマダム・オルテンシアの占いの館《やかた》で教えてもらった運命の人について話した。

「なるほど、それに僕が当てはまるんだ」

「はい。島崎課長もなんです。同時に二人もなんてすごい偶然ですよね、あはは……」

「へえ、島崎さんもか……それはすごい偶然だ」

堀井さんはくすくすと笑っていて、引いた様子はない。私はほっと息を吐いた。

それからお互いの色々な話をして運命の人のことを忘れかけた頃、最後のデザートがきた。これまた美味しそうなイタリアンジェラート。

「もー幸せ！」

そんな私を見ていた堀井さんが、これも食べていいよ、と自分の分をくれたので遠慮なく頂いた。

「……やっぱいいな、決めた。早瀬さん！」

そう呟《つぶや》くと、堀井さんは背筋を伸ばして私をじっと見つめる。

「はい、なんですか？」

「もしよかったら、僕と結婚を前提に付き合ってくれないかな」

「………………はい？」

私は驚いて目を瞠《みは》った。

「え、なっ……ど、どうして？」

なんでいきなりそんな話に？

「占いによれば、僕は早瀬さんの恋人に立候補できるんだろう？」

「え、まあ、そうですけど……」

結婚を前提に、ということは、結婚するつもりでお付き合いを始めるということ、だよね？

何で？　どうして？　突然のことに頭がついていけない。

「じゃあ構わないよね？」

堀井さんは運命の人のひとり。構わないと言えば、確かにそうだけれど……

「あの、私なんかのどこがいいんですか？」

私は堀井さんに結婚してほしいと言われるような特別なことは何もしていない。何度も顔を合わせてはいるけれど、今日初めてプライベートな話をしたばかりで、お互い何も知らなさすぎる。

それなのに、どうして私と結婚を前提にしたお付き合いをしようだなんて思ったの？

結婚前提ということは、ただのお付き合いでは終わらないのに。

「うーん、言葉にすると照れるな……」

堀井さんはミルクを入れた紅茶をぐるぐるかき回しながら、テーブルクロスを見つめる。

「初めて会った時、コーヒーを零《こぼ》されたでしょ？　早瀬さんは怒るどころかコーヒーを零した彼女に気を遣って笑いかけてくれたね。その時からちょっと気になってた。早瀬さんは本当に優しい人なんじゃないかと思って」

「あ、あれは……別にそんなつもりじゃなくて……」

私はあの時、自分のことしか考えていなかった。零したのが私じゃなくて良かった、と。

「でもスーツを拭《ふ》くより先に、テーブルの資料を避けてたよね。あれは咄嗟《とっさ》にできることじゃないよ」

「いえ、買いかぶりすぎです。心の中では、私が引っくり返さなくて良かったとか、資料の予備持ってないとか、スーツ濃い色だから目立たないかなとか考えてましたし……」

「ちょっとずれてるよ」

堀井さんは笑いながら紅茶を一口飲んだ。そのままカップの中をじっと見つめている。

「こう見えて僕ってもてるんだよ。初対面でも言い寄られたりするんだよね。あ、自慢じゃないからね」

正直困ってるんだ、と苦笑いで話す。

「でも早瀬さんは、最後まで真面目に商品の説明をしていた。流し目攻撃とか、胸元をチラ見せしたりとか、足を組み替えたりとかそういうのをまったくしなかった」

「はあ……」

初対面でそんな攻撃をしてくる人がいることに驚いた。でも、それ以前に私なんかを選ぶなんて……

「堀井さんくらいかっこよくて優しくて、王子様みたいな人なら、私よりもっといい人がいると思うんですけど」

「僕を王子様って思ってたの？」

「あっ……いや、あのっ……褒《ほ》めてます！」

私がじっと見つめると、堀井さんは照れたのか、口元を隠して視線を逸《そ》らした。

「あのさ、僕に近寄ってくる女性って、正直何を考えてるのかわからなくて……でも早瀬さんは何を考えているのかまるわかりだから。なんか、安心するんだよ」

「それ、褒めてないですよね」

「あはは、嘘とかつけないでしょ？」

「……苦手です」

というか、すぐばれる。

「みんな僕自身じゃなくて、僕の肩書しか見てくれないんだ。いつかは父の跡を継ぐ、ただの跡取りだって……」

堀井さんは寂しげに呟《つぶや》いた。

「お父さんは何をやってるんですか？」

「ホーリーマーケティングの社長だよ」

「わー社長さん！　すごいですね！　え……社長？」

ってことは、私はホーリーマーケティングの次期社長さんとご飯を食べてるってこと？

「……ええっ!?」

「その反応……知らなかったの？」

「知りませんよ！　聞いてません！　誰も教えてくれなかったです」

「最初に堀井って名乗ったから、とっくに気付いてるのかと思ってた」

「ほりい……ホリー、ホーリー？　あ……」

ちなみにホーリーグループの会長は堀井さんのお祖父さんなのだと話してくれた。なおさら身分が違い過ぎる。堀井さんはお金持ちのお坊ちゃまで、次期社長で、本物の王子様。無理、無理すぎる。

「堀井さんと私じゃ、ぜんぜん合わないと思います」

「どうして？　僕じゃ嫌？　占いでは僕か島崎さんなんだろう？」

「ええ、まあ……」

けれど私は首を縦に振れなくて硬直していた。

「どうしたの？」

「あの、えっと……か、考えさせてください」

堀井さんは一瞬驚いた顔をしたけれど、すぐに微笑《ほほえ》んだ。

「うん、ゆっくり考えて。でもあまり待たせないでほしいな。いい返事を期待して待ってる」

「は、はい……」

どうして私はためらったのだろう……。

私の運命の人かもしれない堀井さんが私に好意を寄せてくれている。

この結果はまさに運命が導いてくれたことなんじゃない？

運命の女神が私に、堀井さんと幸せになれって言ってるんじゃない？

そう思うのに、私はどうしても即答できなかった。

「ごちそうさまでした。美味《おい》しかったです」

「また一緒に来れるといいな」

「そう、ですね……」

帰りは駅まで歩けるからと言ってタクシーを呼ぶのを断り、堀井さんと並んで歩いた。

運命の人かもしれない堀井さんにお付き合いしてほしいと言われたのに、どうして私は考えさせて、なんて言ってしまったのだろう。

確かに、すぐに答えを出すのが怖いという思いはある。この人じゃないかもしれないとも思った。

今も、島崎課長の可能性はないのかと必死で考えている。

「――さん、早瀬さん！」

「わ、はい！」

ぼうっと考え事をしていた私を覗《のぞ》き込むように堀井さんが首を傾《かし》げた。

「誰のこと考えてるの？」

「え……っと」

私が今、考えていたのは――島崎課長のこと。

何で島崎課長は今日一緒に来なかったんだろうってこと。日本酒の美味しいお店に連れて行ってくれるって約束したのに、まだだってこと。

他にもたくさん、今まで一緒に過ごしてきた思い出が溢《あふ》れてくる。

今まで見てきた島崎課長の怖い顔、笑った顔、照れた顔だって知ってる。もっともっと、色々な表情を見てみたいって思ってる。

……私は運命の人が島崎課長だったらいいなって考えていた。課長が運命の人である証拠を必死で探している。

それが答え。それが、私の心が出した答えなんだ。

「ごめんなさい！」

私は堀井さんに頭を下げた。

「早瀬さん？」

「ごめんなさい。私、堀井さんとお付き合いできません」

今、私が会いたいのは島崎課長。課長に会って伝えたい、私の想いを。

やっと気付いた、自分の気持ちに。

「私、会社に戻ります！」

腕時計を見る。まだ八時、島崎課長はまだ会社にいるかもしれない。もし帰っていたら、電話をして家の住所を教えてもらおう。

会って直接話をしたい。今すぐに会いたい。

私が走り出そうとすると、堀井さんが手を掴《つか》んできた。

「待って、僕は将来社長になるよ。そしたら楽な生活ができる」

「あの、私は――」

「家事が苦手だって言うなら家政婦を雇ってもいいし、海外にも好きなだけ旅行に行ける。ブランドのバッグも服もアクセサリーもプレゼントしよう。ね？　お気に入りのブランドは何？」

堀井さんの言葉はどれも、私の心には響かなかった。

「ごめんなさい、私――」

「言わせない」

　ぐいと肩を掴まれて、次の瞬間、私と堀井さんの唇が重なった。

「僕が忘れさせてあげる」

　堀井さんは、唇が触れたまま呟《つぶや》き、そっと離れた。

「あ……」

　何が起きたのかはすぐにわかった。

　私はキスをされた。それも、私にとって初めての……

　呆然と見つめる先に、私の様子を心配そうにうかがっている堀井さんがいる。

「どう、心揺れてない？　島崎さんじゃなくて、僕の方がいいかもって一瞬でも思わなかった？」

「……お、お、思いません！」

　私は堀井さんにキスされた！　私のファーストキスだったのに。キスをするなら島崎課長が良かったのに！

「私、もう行かなきゃいけないので、離してください」

　腕を引くと、私を掴んでいた手は簡単に離れた。

　堀井さんはとても傷ついたような表情をしていた。私に許可もなくキスをしておいて、そんな顔をするなんて反則だ。

「キスしたことは謝らないからね。島崎さんによろしく」

しかし、すぐに冷たく硬い声でそう言った。

「失礼します！」

私は駅まで走りながら唇をごしごしと拭《ふ》いた。

走りながら、私は島崎課長が好きなんだという想いと、ファーストキスを失ってしまった悲しみに包まれていた。


ぜいぜいと息を切らせながら見上げると、四階の営業部のフロアはまだ明るかった。

表の扉を力任せに開けてエレベーターに飛び乗り、ゆっくり上がるのをじりじりと待つ。

会いたい。早く会って私の気持ちを伝えたい。

エレベーターが到着すると、私は営業部のフロアまで猛ダッシュした。

やはり課長席の上だけ電気が点いていて、島崎課長が一人、パソコンをじっと睨《にら》んでいる。

「し、島崎課長！」

「早瀬君？　直帰したんじゃないのか。走って来たのか？　なんだ、どうした？」

私は小走りに課長のもとに向かい、目の前に立つ。

「島崎課長、突然ですが、私と結婚を前提にお付き合いして頂けますか?」

「――は?」

島崎課長は驚いた様子で目を見開いた。

あれ、違う? 確か堀井さんは私にそう言ったけれど……

えっと、何て言えばいいんだろう……あ、そうだ!

「課長、私と結婚してください!」

今度は、口をぽかんと開けて不思議な顔になった。

あれ、これも違う?

「すみません、あの……なんて言えばいいか。こういうのって初めてなので……えっと
えっと」

「落ち着きなさい、早瀬君」

「はい。えっと、突然こんなことを言われて迷惑かもしれませんが、聞いてください。実は、
島崎課長が私の運命の人なんです」

「……運命? どういうことだ?」

「私は島崎課長がいないと幸せになれないってことです! このままじゃ一生不幸のま
まなんです」

「意味がわからないのだが……」

島崎課長にうまく伝わらず、私はだんだん焦り始めた。

「ええと、実はマダム・オルテンシアの占いで、私が幸せになるにはA型で獅子座《しし》で、生年月日に二が付いて、あと右手の甲にホクロがあるっていう条件の男性を恋人にしないといけないんです。その条件に合う人が島崎課長で――っていうか、堀井さんもそうなんですけど、なんかしっくりこないっていうか、課長ならいいなって思って……」

島崎課長は黙って私の話を聞いている。

「今日、堀井さんとご飯を食べたんですけど、なんか違う気がして……」

私は目の前にいるのが堀井さんじゃなくて島崎課長だったらいいなと思った。

島崎課長が運命の人だったらいいと思っていた。

マダム・オルテンシアが、自分自身の心に聞けばわかる、と言ったのはこのことだったのだ。

私の運命の人は私が決める。だから島崎課長が私の運命の人。

「そこに、早瀬君の感情はないのか？」

「感情？　えっと、どういうことですか？」

「占いで、俺か堀井さんに絞られて、それで君は、俺を選んだってことか？」

「そうです！」

やっと通じたと思ったら、島崎課長の顔が戸惑いから苛立ちに変わった。

「人を馬鹿にするのもいい加減にしなさい」

「あの――」

「君は占いで言われたから俺を選んだのか？　もし占いで、木下と言われたら君は木下を選ぶのか？」

「えっと……」

木下さんだったら、私は選んだだろうか……それはわからない。だってそんなこと一度も考えたことがなかったから。

「わかりません。でも――」

でもマダム・オルテンシアはこうも言っていた。

「運命の人と会うのが遅れると、その人は他の人と結婚しちゃって、取り返すのが難しいって聞きました」

「…………君は自分が何を言っているのかわかっているのか？」

「え……はい」

なんだか雲行きが怪しい。今まで見たことがないくらい島崎課長が怒っているように見える。

「あの、課長……？」

「勘弁してくれ。運命だの占いだの、くだらない」

「で、でも……」

「話はそれだけか？」

怒ってる。島崎課長は間違いなく怒っている。

どうして怒ったのかわからない。私は何か怒らせることを言った？

島崎課長は力任せにノートパソコンを閉めると、それを鞄《かばん》に押し込んで無言で去っていった。

私をひとり残して。

「ど、どうして……」

島崎課長は私の運命の人じゃなかったの？

そんなはずない。私が選んだ。この人となら一生幸せになれるって思った。

それなのに、どうして？

「……っ、うっ」

じわじわと目から涙が溢《あふ》れた。

その場にぺたんと座り込み、誰もいなくなったフロアで涙を流した。

大切なものを失ったみたいに、心に大きな穴が空いてしまったような喪失感に包まれる。

どれくらいそうしていたかわからない。手で顔を擦《こす》りすぎて目元と頬がヒリヒリしていて、ひどい顔なんだろうなと思いながらバッグからハンカチを探す。

すんなり見つかったハンカチに違和感を感じてバッグの中をじっと見つめる。

「あれ、ない……なくなってる！」

鞄に入れていつも持ち歩いていた水晶玉がなくなっていた。

7

翌日、私は会社をずる休みした。

理由はもちろん島崎課長に会いたくなかったから。できることなら一生顔を合わさずにいたいくらい。

どうして私は島崎課長の都合も考えずにあんなことを言ってしまったのだろう。

運命の人は島崎課長がいいと思った。そうしたら自分を止められなかった。仕事中だった島崎課長のもとに突然押しかけ、私は——

言っていいことと悪いことくらいきちんと判断するべきだったのに、あの時の私はなぜだか確信していたのだ。課長は必ず私を受け入れてくれる、と。

「私、馬鹿すぎる……」

過去に戻れるなら今すぐ戻って自分をひっぱたいて、目を冷まさせてやりたいくらい。断られるリスクをちゃんと考えておくべきだった。島崎課長と幸せになれる――なんて、思い上がりもいいところ。

「そうだよね。島崎課長だって選ぶ権利あるよね……」

うつ伏せで枕に顔を埋《うず》め、頭から毛布をかぶる。起きてからまだ一度も布団の中から出ていない。

「もう消えてなくなりたい……」

マダム・オルテンシアは私の心に聞けばわかると言った。だから私は自分の意思で島崎課長を選んだ。

それなのに……

何がいけなかったのかわからない。

私はあのまま堀井さんからの求婚を受けるべきだったの？

「…………だめだ！」

気になり出したら止まらない。私はベッドから飛び起きて十分で出かける準備をすると、マダム・オルテンシアのもとへ向かった。

何を間違えたのか、何が正しかったのかを聞くために。

それなのに――

「運命は走り出したわ。自分の思う通りにしなさい」

「どういうことですか!?」

「言葉通りの意味よ」

マダム・オルテンシアは何も教えてくれなかった。

「わかりません……」

彼女はにっこり微笑《ほほえ》むと、言い聞かせるようにゆっくりと言う。

「いい、子羊ちゃん。アタシの占いを信じてくれるのはいいけど、妄信的になってはダメ。アナタあっての占いなのよ」

「私、あっての……？」

「そうよ。アナタはどうしてその選択をしたの？」

「だって、占いで――」

「違うでしょう？」

ますますわからないというような顔をしたら、ぬっと伸びてきた手にデコピンされた。

「わっ」

「次に来る時は幸せな顔していらっしゃい　それまで立ち入り禁止！」

「そ、そんなぁー。私、水晶玉も失くしちゃったんです！　もうだめですー」

「ちょうど手放す時期だったのね。それもまた運命よ」

結局なにも解決しないまま館を追い出され、私はとぼとぼと帰路《きろ》に就いた。もう、どうしていいかわからない。迷子になった気分だ。

「はぁ……」

下を向いて歩いていると、すれ違った人が持っていたクイーン・ハニーちゃんのショッピングバッグが目に入る。驚いて顔を上げると、そこにはホーリーグループ傘下の総合スーパー、ホリデーハニーがあった。地下は食料品売り場、上の階には電化製品や衣類、おもちゃなどが売っている、庶民御用達《ごようたし》の商業施設だ。来月下旬からは店内の文房具売り場に例の新商品を置いてもらうことになっている。

でも、堀井さんとあんなことがあったあとだから、もしかしたら契約自体なかったことになるかもしれない。

「そうだった……」

忘れていたけれど、私は大事な取引先――それも次期社長の求婚を断って、しかもファーストキスを奪われた怒りのまま、その場に一人置いて帰ってしまったのだ。

「ど、どうしよう」

今さらながら、ことの重大さに気付き足元がぐらつく。この仕事が白紙に戻ってしまったら、私は責任を取って会社に辞表を提出しなければならなくなる……かもしれない。

部長のカツラは飛ばなかったけれど、私のクビが飛ぶのは時間の問題だ。最悪の事態を想像して額に汗が流れる。

「あああ……」

私はふらふらとおぼつかない足取りでホリデーハニーに入ると、そのままエスカレーターに乗り文房具売り場へと向かった。九十九パーセント叶わないだろう未来を想像するために。

ここに並ぶはずの新商品のことを考えながら売り場を眺め、今までの打ち合わせの日々を走馬灯《そうまとう》のように思い返す。

最初の頃は、こんな大手企業に売り込みに行くなんて絶対に無理だと思っていた。けれど島崎課長のおかげでいい返事をもらえて、先輩方の手助けもあってなんとか自分一人でもできるようになって——必死になってやってきて、それなりの結果が出た。

やっと仕事が楽しくなってきたところだった。

それなのに、島崎課長とも堀井さんとも、自分から関係を壊してしまった。

「はぁ、帰ろ……」

肩を落として歩き出すと、ちょうど目の前、ノート売り場の陰から堀井さんがひょっこりと現れた。

「げっ」

「あ………早瀬さん」

堀井さんも同じようなタイミングで私に気付いた。そのまま目を逸《そ》らすこともできず立ち止まった。お互いの間に気まずい空気が流れる。

「……えっと、定期的に都内の売り場を回ってるんだ。来月から新商品を並べるから、どこに置けば目立つかとか、そういうのをチェックしていて」

堀井さんは無理して笑った。その顔がひきつっているのが見てわかる。

「そ、そうなんですか……ではあの、失礼します！」

私はぺこりと頭を下げてから、くるりと背を向けた。

「待って！」

堀井さんに腕を掴《つか》まれ、私の身体に緊張が走った。昨日はこれで振り向いたからキスをされた。同じ過《あやま》ちは繰り返さない。

私は堀井さんに背を向けたまま動きを止めた。

「その………ごめん。キスしたこと、謝りたくて。既成事実さえあれば、と思ってた。お酒も飲んでたし雰囲気で押せば、もしかして望みはあるんじゃないかって」

「過ぎたことですから。でも、なかったことにはできません」

自分でもびっくりするほど冷たい声が出た。

「そうだよね。どうかしてた、本当にごめん」

堀井さんが私の腕を離す。その声があまりにも悲しそうで、私はゆっくりと振り返った。堀井さんはこの世の終わりが来たみたいな顔をしていた。

なんだか私の方が悪いことをしているみたいだ。「後悔はしてないよ」とか「キスされる方が悪い」とか、もっと悪そうにしてくれれば、私だって遠慮なく怒りをぶつけられるのに。

「……もういいです。怒ってますけど、もういいです」

燻《くすぶ》っていた怒りが途端にしぼんでしまった。

「殴ってもいいよ。女性に同意なくキスしたのは僕だ。全面的に僕が悪い。もしそれで君の気が済むのなら、だけど……」

堀井さんが私をじっと見る。その目には、何か決意のようなものを感じた。

「わかりました」

だから私は右手を思い切り振り上げた。

パーン、と乾いた音がフロアに響く。

最初に思ったのは、ドラマのワンシーンみたいだな、ということ。それからすぐに、じわじわと手の平が熱くなり始めた。

今の一発でずいぶんスッキリしたけれど、手はかなり痛い。人を叩くということは自分にもそれなりのダメージがあるらしい。

「…………本当に殴るとはね」

堀井さんは左頬を押さえて驚いた顔をしていた。

「――え？」

も、もしかして冗談だったの？

私が焦り始めたと同時に周囲がざわつき、現場を見ていたらしい男の店員さんが怖い顔をして近付いてきた。

我が社の次期社長をよくも殴ったな、とでも思っているのだろうか。

「あ、えっと、あのっ」

自分の右手と店員さんを交互に見ながら、必死になって頭の中で言い訳を考えていると、堀井さんが彼を片手で静止する。

「いいんだ、持ち場に戻ってくれ」

私に不審な目を向けながら、店員さんが引き下がった。

「ご、ごめんなさい！　本当に殴っていいのかと思って――」

「いや、これで君の気が済んでくれたのなら、僕も清々《すがすが》しい気分だよ」

笑顔を見せつつも、頬の赤い堀井さんは少しだけ涙目だった。

「正直、女性に振られたのも殴られたのも、早瀬さんが初めて。いい思い出ができたみたい」

「あ、はい。私もスッキリしました。どうもありがとうございます」

「……ほんとに正直だね」

呆れながらも笑顔で答える堀井さんに促《うなが》され、バックヤードに向かって歩く。

平日の昼間で人は少なかったけれど、私の見事な平手打ちの目撃者が二、三人ほどいて、現場を凍りつかせてしまったのだから致し方ない。

「で、島崎さんとは結局どうなったの？」

前を歩く堀井さんが唐突に話題を振ってきた。

「えっと、別に何も……」

私はごにょごにょと口ごもる。

「そうなの？　昨日は急いで帰ったから、てっきり島崎さんに会いに行ったのかと思ったんだけど」

「そうなんですけど」

「……何かあったみたいだね」

「えっと、まあ色々と」

私は曖昧《あいまい》な返事をして俯《うつむ》いた。

「もしかして、僕がキスしたせい？」

「いえ、それは……」

「そう？」

堀井さんは私の目の前に回り込むと、腰に手を当ててずいと顔を近付けた。びっくりして口元を押さえながら一歩下がると、堀井さんがぷっと噴き出す。

「何があったのか知らないけど、早瀬さんのいいところは、その真っ直《ま》ぐ《す》で正直な性格なんだから、思ってることを包み隠さず伝えたほうがいいよ」

「それ、どういうことですか？　占い師の人にも同じようなことを言われたんですけど、わからなくて」

「うん。すごく簡単なことなんじゃないかな？」

「それがわからないから、困ってるんです」

堀井さんもそれが何かをわかっているらしい。私はますます混乱するばかりだ。

私は昨日、島崎課長の都合も考えずに想いを伝えて怒らせてしまった。これ以上、何をすればいいのかがわからない。

すがるように堀井さんを振り返ったけれど、にっこりと笑顔を向けられただけだった。背中をトンと押され、到着した業務用エレベーターに乗せられる。

「じゃあね、降りたら真っ直ぐ歩いて。建物の裏に出られるから」

「あ、えっ？」

堀井さんはエレベーター内にある一階と閉じるボタンを素早く押すと、閉じていく扉の外側でにこやかに手を振る。

「あとは自分で考えること」

「そ、そんなっ！」

しばらく堀井さんの言葉を頭の中で反芻《はんすう》してみたけれど、やっぱり何もわからなかった。下を向いて歩いていると、ポツリと顔に何かが当たる。

見上げれば、先程まで晴れていた空は黒い雲に覆《おお》われ、ポツリポツリと雨が降り始めていた。それはあっという間に豪雨に変わり、歩けばじわりと汗ばむほどだった気温を一気に下げた。

歩いていた人は急いで傘を広げたり、雨に濡れまいと建物の中へ避難し始めている。

私も急いでバッグの中をごそごそとかき混ぜる。

「もう、サイアク！」

折り畳み傘を忘れたことに気付き、駅までの道を走った。

ゲリラ豪雨に見舞われて傘まで忘れるとは、私ってやっぱり……

雨で滑った足の裏がエナメルの靴の先に食い込む。地面に足が着くたびにつま先に痛みが走るのを我慢して走り続けた。

「っと、赤信号」

目の前の信号を見て、速度を緩《ゆる》めながら辺りを見回す。屋根の出っぱっていた店舗を見つけ、軒下《のきした》に逃げ込んだ。

私は運が悪いから、朝は必ず天気予報を見ていたし、くもりだと折り畳み傘をお守り代わりに持ち歩いていた。それなのに今日に限って忘れるなんて……どうしてこんなに運が悪いんだろう。

息を整えながら、抱えるようにして持っていたバッグからハンカチを取り出して頭と顔を拭《ふ》いた。

半袖をきゅっと絞るとポタポタと水が流れ、濡れまいとして走ったのに意味がなかったなと思う。

「痛いと思ってたんだよね」

片方の靴を脱ぐと小指と踵《かかと》の皮がめくれ、うっすらと血が滲《にじ》んでいた。出かけるために急いでいたとはいえ、素足にパンプスを選んだことを後悔した。

ほんの数分前に降り始めた雨は各所に水たまりを作り、その雨水は排水溝をごうごうと音を立てて流れている。

そんな様子を横目に信号が変わるのを待っていると、わいわいと楽しそうな声が聞こえた。男子高校生のグループが雨を全身に浴びながら楽しそうにはしゃいでいたのだ。早々に雨宿りを諦めたらしい。

「はぁ……」

自分の姿を見下ろす。こんな状態ではタクシーを止めても乗車拒否されるだろう。電車だって周りから注目されて、きっと恥ずかしい思いをするに違いない。

「人生、諦めが肝心だよね」

私は雨の中に一歩踏み出した。

ここからなら一時間歩けば家に着く。私は痛む足を我慢しながらとぼとぼと雨の中を歩き始めた。

これくらいどうってことない。だって私はこれから一生不運を背負って生きていくのだから。

マダム・オルテンシアの言ってたこともわからないし、これからどうしたらいいのかもわからない。

でもこれだけははっきりしている。

島崎課長と幸せになれないのなら、もう一生不運なままでもいい。

拳をぎゅっと握り、前を向く。

私は不運を背負って生きる。別にどうってことない。今までだって生きて来られたんだから。

「……っ」

それなのに、雨と混ざって目から零《こぼ》れ落ちるのは何だろう？

本当に諦められるの？　どうして私はまた泣いているの？

足が痛いからではない。自分の不運を嘆《なげ》いているわけでもない。

立ち止まり、暗い空を見上げた。

私は島崎課長が好き。今からでも振り向かせる方法があるなら知りたい。どうしても諦めきれない。

「どう、したら……いいの？」

もう一度ちゃんと話をしたい。

島崎課長に会いたい。でも拒絶されるのは怖い。

雨の中、涙を流しながら考える。

どれくらい立ち止まっていただろう。

「こんなところで何をしているんだ？」

突然横から傘を差し出され、私は驚いて顔を向けた。

「え？」

「ずぶ濡れじゃないか」

「島崎、課長……」

どうして、ここに？

「傘はどうした？」

「あ、えっと、忘れました……」

なんでこんなことしか言えないんだろうと思いながら、それでも視線を外せなくて、じっと課長を見上げた。

「大丈夫か、早瀬君？」

「あ、はい……」

そういえば、私は会社をずる休みしたのだ。体調が悪いと言ったのに、こんなところでふらふらしていたら、誰だって何をしているんだと思うはずだ。

しかも私は昨日、島崎課長に想いを伝えて怒らせたばかりだ。じわじわと顔が赤くなるのを感じて隠すように俯《うつむ》いた。

「……来なさい。とりあえず家まで車で送って行こう」

ふいに腕を引かれ、つられてそのまま歩き出す。

「あ、あの――」

路肩にはハザードランプが点滅している車が止まっていた。

「早く乗りなさい。ここは駐車禁止なんだ」

課長は助手席をあけて私が乗るのを待った。

「でも……車が濡れちゃいます」

私はこの通りずぶ濡れで、絞れば服から水がしたたるほどだったから。

島崎課長は私の姿を見ると、短く息を吐き、持っていた傘を押し付けるように私に預けた。トランクからバスタオルを引っ張り出して戻り、私に巻き付ける。

「これでいいか？　さあ乗って」

背中を押され、私は助手席に乗せられた。

課長の車の中は懐かしい匂いがしてほんのり温かかった。また島崎課長の助手席に座りたいと思っていたけれど、まさかこんなところで望みが叶うとは思わなかった。

それよりも、昨日あんなことがあったのに、課長が普通に私に話しかけてくれたのだ。

「どうしよう、すごく嬉しい……」

島崎課長がぐるりと回り運転席に乗り込んだ。シートベルトを締めながら車の流れをうかがっている。そんな課長の横顔に、胸がきゅうきゅうと締め付けられる。

やっぱり、好きだなあ……

ため息を吐き、無理矢理視線を引き剥がした。これ以上見ていたら、別れたあとが寂しくなる。今日も涙を流すなんてこと、したくない。

静かな社内、フロントガラスには激しい雨が打ち付けられて、ワイパーが激しく動いていた。よくよく見ると前がすごく見えづらい。こんな状況にもかかわらず、島崎課長は歩いている私を見つけてくれたのだ。

そう思うと胸の辺りがじわりと温かくなった。

ふと、マダム・オルテンシアの言葉を思い出す。

〝アナタはどうしてその選択をしたの？〟

だって私は、島崎課長のことを……そうだ、私はまだ何も伝えていない。

占いがきっかけかもしれないけど、私はいつの間にか島崎課長を好きになっていた。

私はちゃんと、自分の想いを伝えた？

ううん――

「好きです！」

「ん、何だ？」

「あの、私、島崎課長が好きです。大好きなんです！」

今以上に嫌われてもいい。これから先ずっと気まずくなってもいい。私の想いをすべて伝えたい。伝えないとだめになる。

目をきゅっとつむると、島崎課長と過ごした日々が蘇《よみがえ》ってくる。

声をかけられた雪の日。階段で遭遇した恥ずかしい出来事。初めて一緒に外回りに出かけた日。そして――

「一緒に出かけられなくなって淋しかった。普段笑わない課長が私に笑いかけてくれて嬉しかった。日本酒のお店につれて行ってくれるって言われて楽しみだった。転びそうになった時、支えてくれてすごくドキドキした」

「早瀬？」

私の想いをすべて伝えたい。そう思うと、気持ちがどんどん溢《あふ》れ出てきて止められない。

「島崎課長に褒められた時は、もっとがんばろうって思った。私があげたチョコを食べてくれて、もっともっと課長が喜んでくれたらいいなって思った。星野商事とヒヨコ屋本舗の担当を外された時は悲しかった。けど、それが私のためなんだって気付いて、すごく嬉しかったんです――」

やっとわかった。私は占いのことばかりを気にしていて、自分の気持ちを、どうして運命の人が島崎課長だったのかを、きちんと伝えていなかったのだ。

「私、わかりました。ずっとずーっと前から、島崎課長が好きだったんです。占いがきっかけかもしれないけど、色々な課長を見ていて、もっと見たいと思って……もっともっと課長のこと知りたいって思いました。堀井さんじゃなくて、他の人でもなくて、課長が運命の人ならいいのになって何度も思ってて……」

運転中の島崎課長はずっと前を向いている。無表情だったけれど、静かに聞いてくれていた。

「こういう気持ち、初めてでわからなかったけど、今やっとわかりました。あと、今日はずる休みしてごめんなさい。体調不良っていうのは………実は嘘なんです」

「そうか、嘘だったか」

空気がふわりと揺れ、目を向けると課長が笑っていた。

「最初からそう言ってくれれば良かったのにな」

ポツリと呟《つぶや》く。

「はい、すみません……」

私は自分の想いを置いてけぼりにして、運命だとか占いだとか、別のことばかりに気を取られてしまっていた。間抜けにもほどがある。

「いきなりごめんなさい。昨日伝え忘れたことなんです。なので、もう忘れてください」

昨日に引き続き、今日もこんな話をされてさぞかし困っていることだろう。このまま笑い話にするために私は笑顔を張り付けて口を開く。

「課長――」

「俺も、早瀬君が好きだよ」

だから思いがけない返答に、私は驚いて島崎課長の横顔を凝視した。

「…………え？」

好き？　誰が？　島崎課長が、私を？

まさか、そんな。

きっと私の都合の良い聞き間違いに決まってる。島崎課長は何か別のものを好きだと言ったに違いない。

「あの、よく聞き取れなかったのですが、何が好きなんですか？」

「……二度も言わせるのか？」

島崎課長は眉間《みけん》に皺《しわ》を寄せ、視線を泳がせた。

「だから俺は、今隣に座っている早瀬香織が好きだと言ったんだ」

「……え？　………ええええーっ!?」

これは、夢？　白昼夢《はくちゅうむ》？

「課長、もう一度――」

「もう言わない。自分の耳を信じなさい」

「……ほ、ほ、本当ですか？」

「ああ、今すぐ車を止めて、抱きしめたいくらいだ」

「そんな、だって――」

だって、島崎課長は昨日、あんなに怒っていたのに。それなのに、私のことが好き？

「だったらそうしてくださると、嬉しいのですがっ」

そうすれば、今のその言葉が現実なんだと実感できるはず。

ごくりと唾を呑み込み、島崎課長を見つめる。

「だが、車を止めたら早瀬君が風邪を引くだろう」

「大丈夫です！　全然問題ありません！」

駄目だ、と言う課長はなんだか楽しそうに笑っていた。

もしかしてこれは夢の続きなのでは？　タオルの内側から手を出して頬をきゅっとつねってみたら、ほどよく痛かった。

夢じゃない。本当に、島崎課長は私のことを好きだと言ってくれた。

頭の中で課長の言葉が何度も繰り返し再生される。

どうしよう、嬉しい。顔がじわじわと熱くなる。じっと座っていられなくなり、もぞもぞと身体を揺すった。

「寒いか？　もう少し時間がかかる」

「あ、はい」

そう言われて窓の外を見ると、私の家はすでに通り過ぎていた。

「あの、課長、道が違いますけど」

「合ってるよ。俺の家はこっちだ」

「え、課長の家？」

「家まで送ろうと思ったが、そんな話を聞いてそういう訳にもいかなくなった。車を止めてゆっくり話を聞きたいが、そしたら早瀬君が風邪を引く。だったら――」

「だったら？」

「俺の家に行く他ないだろう？」

「あ、そっか。そうですね」

あれ、そうなの？

私が首を傾《かし》げると、島崎課長が笑い出した。

車は縫《ぬ》うように住宅街を進み、マンションの地下駐車場に入った。

身体にバスタオルを巻き付けたまま、エレベーターに乗り、五階で降りる。島崎課長の部屋は一番端の角だった。

「さあ入って」

「あ、お邪魔します……」

背中で扉を押さえていた島崎課長の脇をすり抜け、中に入ってすぐの広々としたリビングで立ち止まる。

革製のカウチソファとガラスのローテーブルがあり、その前面には液晶テレビと高そうなスピーカー。これで映画を見たら大迫力だろう。カーテンや家具は濃紺で揃えられていて、全体的に大人っぽい。

初めて見る課長の部屋をキョロキョロと眺めていると、キッチン横の扉の奥に消えた課長が戻って来た。

「浴室はこっちだ、すぐに温まりなさい。バスタオルは上の棚にある。適当に使うように」

「あ、はい」

「シャンプーやボディーソープも必要なら使ってかまわない。それと、これは着替えだ」

「着替え？」

「濡れたままの服を着るのか？」

「いえ……助かります」

渡されたのは上下セットのスウェットだった、広げて見ると課長サイズで私には大きそうだ。

水滴のひとつも落ちていない洗面台。綺麗に並べられたコップやハンドソープのボトル。上の棚には畳まれた紺色のバスタオルが積み上げられている。どこもかしこも整理整頓されていて、使うのが申し訳ないくらいだった。

「わあ、どうしよう。ドキドキする」

というか、課長の家に初めて来て、いきなりお風呂を借りることになるなんて。

もっとロマンティックなデートのあとに来たかった、なんて思いつつ、濡れた服を悪戦苦闘しながら脱いだ。

「うう、さむっ」

思った以上に身体が冷えていて、私は温度を高めに設定したシャワーを頭から浴びた。

しばらくじっとしていると、ほどよく熱いシャワーが全身を温めゆっくりと身体をほぐしていく。

ほう、と息を吐き、曇った鏡を手の平でこする。そこに映《うつ》る自分と目を合わせ、しばし見つめた。

「島崎課長は私を…………」

好き？

「きゃあああっ」

ふいに気恥ずかしくなって鏡に背を向け、頬を両手で押さえた。

島崎課長は確かに私を好きだと言った。だからこうして家に連れてきてくれたのだ。

課長は私の運命の人で、私が好きになった人。

嬉しさが込み上げてきて、気付くと私は鼻歌を歌っていた。

島崎課長が貸してくれた服は柔軟剤のいい香りと、ちょっとだけ課長自身の匂いがした。袖の部分に鼻を近付けて思い切り息を吸ってみる。

「わあ、課長の服だ……」

いいようのない高揚感に浸《ひた》りながら、身体に腕を回して抱きしめる。はっと我に返り、その変態行為にちょっとだけ自分が怖くなった。

「島崎課長、着替えありがとうございました」

「ああ、ちゃんと温まったか？」

声を頼りに探すと、島崎課長がキッチンでコーヒーを淹《い》れていた。

「そこに座っていなさい」

視線でソファーを示され、課長とコーヒーを待つ。

色々な話がしたくてそわそわしていたけれど、島崎課長は私にカップを手渡すと、すぐまたどこかに行ってしまった。

私はぶかぶかの袖を捲《まく》り、ふう、と息を吹きかけながらコーヒーをひと口飲んだ。

会社で淹れるコーヒーよりも数倍美味《おい》しい。

戻って来た島崎課長は、スマホを片手にどこかに電話をかけ始めた。目が合うと、しい、と唇に人差し指を当てる。

どうやら会社に電話をかけているらしく、打ち合わせが終わったから、数社回ったあと直帰すると言っている。

時計を見ると午後四時だ。私もいたずらに加担しているようなドキドキ感に包まれながら、口を塞《ふさ》いで笑いを堪《こら》えた。

「課長もずる休みですか？」

電話が終わるのを待ち、開口一番に尋ねる。

「まあ、そういうことだな」

にやりと笑う、初めて見る表情に胸が高鳴った。課長でもそんな顔をするなんて、これは新発見だ。

島崎課長はスマホを置くと、バスルームからバスタオルを持って戻って来た。それを広げ、私の横に座わる。

「後ろを向いて」

言われた通り島崎課長に背を向けると、タオルで髪をわしわしと拭《ふ》かれた。

「ちゃんと乾かしなさい」

「あ、すみません」

早く島崎課長に会いたくて、適当に済ませてしまっていた。これでは女子失格だ。

「あの、自分でやりますから——」

「かまわない。こういうの、一度でいいからやってみたかったんだ」

島崎課長がそんなことを言うので、私は目をつむっておとなしくじっとしていた。

「あの、島崎課長。車の中で聞いた話なんですけど、私が好きというのは本当なのでしょうか?」

髪に課長の手を感じながらずっと気になっていた質問をしてみる。

「……そうだ。何度も言わせるな」

少しの沈黙のあと、笑いを含んだ声で言われた。顔が見たくて首を動かすと、すぐに前を向くよう戻されてしまう。

「じゃあ、どうして昨日は怒ったんですか？　てっきり私……」

「そりゃ、突然あんなことを言われればな。結婚してくれなんてプロポーズをしてきたかと思ったら、占いで幸せになるためだなんて言われれば、さすがに怒る」

「あ、あれはそういう意味じゃないんです！」

振り返り、焦りながら説明をした。馬鹿な私は、島崎課長だから、という大事なことを伝えなかったせいで誤解させてしまったのだ。

「私は課長が好きです！　課長じゃなきゃ嫌なんです！」

「そうか……嬉しいよ」

口元を緩《ゆる》めて笑う。そんな表情を見ていたら、どうしても課長を抱きしめたいと思ってしまった。

課長に触れたい。近付きたい。

「あの、髪の毛はもう乾きましたよね？」

島崎課長は私をじっと見つめると、物足りなさそうではあるものの、タオルをソファーの背もたれに置いた。

今だ——

私はくるりと身体を半回転させ、がばりと課長に飛びついた。

「さっきからずっと、こうしたかったんです！」

島崎課長は見た目よりも肩幅が広かった。背中に腕を回して胸元に顔を埋《うず》め、思い切り息を吸った。すれ違った時にだけ感じることのできる、課長の匂いを存分に堪能する。

ああ、夢じゃない。本当なんだ……。やっと幸せに手が届いた気がした。

「俺もだよ」

耳元で囁《ささや》かれ、背中に島崎課長の腕が回された。顔を上げると、すぐそばに島崎課長の顔がある。

「課長……」

自分からしたくせに、今さらながらに心臓がばくばくとうるさくなる。

「早瀬君が好きだよ」

体温が急激に上がり、血液が沸騰し始めた。嬉しいような恥ずかしいような不思議な感覚に混乱してしまう。

耐えられず、島崎課長の腕から抜け出ようとすると、よりいっそうきつく抱きしめられた。

「どうして逃げる？」

「わ、わかりません。どうしてでしょうか」

島崎課長の身体が震え、笑っているのだと気付いた。

「早瀬君が商品管理部の時から見ていた、なんて言ったら驚くかな」

「え……ええっ！」

そんな前から？

じゃあ、雪の日に傘を貸してもらった時も、スカートが破れた時も？

島崎課長を前にして、焦って失敗ばかりを繰り返していた日々だ。好きになってくれる要素なんてひとつもないのに。

まじまじと見つめると、熱い眼差しを返される。

「ど、どうして私なんかを？」

「いずれ話そう――」

低く滑らかな声はいつもより艶《なま》めかしく聞こえた。

ゆっくりと顔が近付き、コツンと額が触れる。私の視界が課長でいっぱいになる。

ドキドキとうるさい心臓を無視して思い切って目を閉じると、次の瞬間、唇が重なった。

時間が止まったかのような一瞬の出来事だった。そっと離れた島崎課長と間近で目が合う。もう一度、課長が私にキスをしようと頬に手が触れた。

何も言わなくてもお互いの気持ちがわかるかのように、再び目を閉じかけたその時――

「ああっ！」

「どうかしたのか？」

「本当だったら、課長がファーストキスの相手だったのに」

どうして私は、こんな大事な時に大変なことを思い出してしまうのだろう。

「本当だったら？」

つい口走ってしまった言葉に、島崎課長が眉根を寄せる。

「あ、ええと――」

もう二度と思い出したくもなかったけれど、一応報告しておくべきかもしれない。私は意を決して口を開いた。

「……すみません、ファーストキスは堀井さんに取られちゃったんでした」

思い返せば悔やまれる。本当ならこの瞬間が私のファーストキスになるはずだったのに。

「は？　させたのか？」

「いえ、その……振り返ったら近くに堀井さんがいて、そのまま……」

ことの経緯《いきさつ》を話すと、課長は私の肩に額を押し付けて項垂《うなだ》れた。ものすごくショックを受けているように見える。

「あの、ごめんなさい……」

あの時、私が油断しなければあんなことにはならなかったのに。

「早瀬君のせいじゃない。が――」

課長が、ぐっと押し黙る。

「ホーリーマーケティングと縁を切りたくなる」

しばらくの沈黙ののち、小さく呟《つぶや》いたのを私は聞き逃さなかった。

「だ、だめです！　私がここまでがんばったんですから！　それに、今日会った時、ちゃんとやり返しました！」

「やり返した？」

島崎課長が首を傾《かし》げるので、私は平手打ちをお見舞いしたことを話した。

「そうか、なかなかやるな」

島崎課長は笑みを深め、私の頭をぽんぽんと撫《な》でた。

「あの、もう一回、キスをしてくれますか？」

「もちろんだ」

まだ少しだけ湿っていた私の髪の毛を根元からすくい、ゆっくりと手で梳《と》かしていく。

心地のよい感覚にそっと目を閉じた。

優しく頬を包まれて、ついばむようなキスが繰り返される。

好きな人とするキスが、ここまで心落ち着くものだと、私は初めて知った。まるで雲のようにふわふわと浮かんでいる感覚をしばし楽しむ。

「香織……」

ふいに囁《ささや》かれ、島崎課長の舌が突然歯列《しれつ》を割って私の口腔内に侵入した。

「んっ……」

これが恋人同士のするキスだということは知っていた。けれど、初めての私はどうすればいいのかわからない。

絡め取られた舌を思わずひっこめると、島崎課長は逃がすまいとより深くまで押し入った。

「んむっ」

激しい口づけは、私に不思議な感覚を植え付けた。次第《しだい》にぞくぞくしたものが身体中を駆け巡る。

暴れ出しそうな気持ちを抑えるために、私は無意識に島崎課長の腕にしがみついた。

それに応えるかのように、課長の舌の動きがよりいっそう激しくなる。私に触れていた手に力がこもり、さらに奥へと侵入していく。

初めての感覚に眩暈《めまい》がするほど。

苦しくて島崎課長の胸を何度か叩くと、やっと解放してくれた。ぜいぜいと荒い呼吸を繰り返す。

「息を止めていたのか？」

「だ、だって」

「こういう時は、鼻で息をするものなんだ」

「……もうっ、早く教えてください」

もっとも、教えられても息をする余裕なんてどこにもなかったけれど。

口を尖《とが》らせながら言うと、島崎課長は静かに笑った。

「さて、そろそろ家に送ろうか」

「ええっ」

やっとやり方のわかったキスの続きを期待していたのに突然の終了宣言で、私は間の抜けた声を出してしまった。

想いが通じたばかりなのに、まだ離れたくないのに……

島崎課長もそう思っているのか、言葉とは裏腹に私から視線を外そうとはしなかった。

私と同じように離れたくないと思ってくれていればいいな、と期待を込めて見つめ返す。

帰れなんて言ってほしくない。まだそばにいたい。もっと色々な話をしたい。

それにこのタイミングで離れたら、夢で終わってしまいそうな気がして怖かった。

頬に触れていた島崎課長の手をぎゅっと握り返す。

「……私、帰りたくないです」

思い切って自分の想いを言葉にすると、島崎課長は困ったような顔になった。

「ご、ごめんなさい！　迷惑ですよね」

手を離し、急いで立ち上がろうとすると、肩を押されてソファーに倒れ込んでしまう。

「わっ」

「いや、かまわない。でもいいのか？　今帰らなかったら……今日は帰れない。いや、帰せないと思う」

眉根を寄せ、どこか余裕のなさそうな表情が私の心をきゅっと締め付ける。

「いいです。帰りたくないから……」

手を伸ばし、顔を引き寄せ、私からキスを返した。

そのあとは、火が付いたような激しいキスが待っていた。角度を変えて何度も繰り返される口づけは次第《しだい》に私から考える力を奪っていく。

「んぅ……」

まるで骨が溶けたように身体から力が抜けていき、手を伸ばした先にある、島崎課長のシャツをきゅっと掴《つか》んだ。そうしなければ、ここではないどこかへと意識が飛んでしまいそうだったから。

「かちょ……」

息継ぎの合間に呟《つぶや》くと、そうじゃない、と返される。

「あ、えっと……浩輔さん」

おずおずと名前を呼ぶと、驚いたような顔をされた。

「知っていたのか？　俺の名前」

「あ、はい」

きょとんとしながら答えると、伸びてきた腕にぎゅうっと抱きしめられた。

私の肩に乗せられた課長の頭がぐりぐりと頬に押し付けられる。

「嬉しいな……まさか、知ってくれていたとは」

そんな子供のような行動が予想外でかわいくて、私はくすくすと笑いを漏《も》らした。

「知ってますよ。私の大好きな人の名前ですから。浩輔さん、浩輔さーん」

首に腕を回し、ぎゅっと力を込める。こんなにも愛おしいと思えるのはこの人しかいないのだと、私は改めて思った。

「移動しよう」

浩輔さんはそう言うと、首にしがみついていた私をひょいと抱き上げる。世に言う、お姫様抱っこだった。

そのまますたすたと進み、背中で奥の部屋の扉を押し開け、肘《ひじ》で部屋の明かりを点《つ》けた。一人にしては大きいベッドにトン、と寝かされて、息つく間もなく熱い舌が押し入り、唇が塞《ふさ》がれる。浩輔さんの真似をしながら舌を絡ませ夢中になってそれに応えた。

「んっ」

ちゅっと音を立てて唇が離れると同時に脇腹をくすぐられ、びくりと腰を浮かす。

「ちょ、待っ――」

少しばかり抵抗を試みたけれど、いとも簡単に引き上げられたスウェットが首から抜けた。肩や腹部が冷たい空気に触れ、自分が裸を晒《さら》していることに、嫌でも気付かされる。

「……香織？」

「あ、あのっ」

途端に恥ずかしくなり、胸元を手で覆《おお》った。と、そこにあるはずの布の感触がないことに気付く。濡れた下着をどうしても付ける気になれず、迷ったあげく、私は何も身に着けないままスウェットを着ていたのだ。

「こ、これには色々と事情が……」

「どうするのかと気になってはいたが……やはりそうきたか」

私に覆い被《かぶ》さるようにして見下ろしていた浩輔さんは、なぜか納得した様子でにやりと口角を上げた。

「もしかして下もか？」

「え？」

「下着。雨で濡れていたんだろう？」

「いや、あの、えっと……」

今さら言い訳のしようがないのはわかってる。けれど断言はせず、視線を泳がせながら口ごもった。

「だ、だって……」

無意識に内腿を擦《こす》りつけていた私に気付いた浩輔さんは、唇の端を上げたまま、ウエストのゴム辺りから太ももにかけて、手を滑らせた。

やっぱり気付いてる？

途端、かあっと顔が熱くなる。浩輔さんの視線に耐えられず、私は顔を背《そむ》けた。

「最高だ」

私の首筋に唇を這《は》わせ、むき出しになった肩を撫《な》でる。ちゅっと強く吸われ、その甘美な痛みにぞくぞくと肌が粟立った。

「さあ、香織」

胸元を隠していた手をどかされそうになり、ぐっと身体を硬くした。

「ま、待って、浩輔さん！」

名前を呼ぶと、手がピタリと止まった。

「あの、恥ずかしい……ので、暗くしていただけませんか？」

小さな声でそう言うと、私をじっと見下ろす目が意地悪そうに細められた。

「何を言うかと思ったら。暗くするなんてもったいない」

そう言うと、止める間もなくウエスト部分のゴムに手をかけ、一気に脱がした。私にはサイズの大きかったスウェットのズボンは、何の抵抗もなく足から抜けた。

「や、嘘……そんな、ずるい!」

「ずるいことなんてしてない。観念しなさい」

「い、いやぁー!」

必死で抵抗したものの、私の両手は軽々とどかされ、頭上に縫いとめられてしまった。露《あら》わになった胸元に視線を感じ、身体をよじって逃れようとしたけれど、どうやら逆効果になってしまったらしい。

「身体をゆすって、煽《あお》っているのか?」

「ち、違——ああっ」

胸に顔をうずめたかと思うと、すでに硬くなっていた頂《いただ》きを軽く吸われ、私の喉から甘い声が漏《も》れる。

かと思えば、温かい手の平で包まれ、押し付けるように撫でられた。その指先は、ぷっくりと膨れた先端を弄《もてあそ》ぶかのようにころころと転がしている。

「ああ、んっ」

「ほら、硬くなってきた」

肌に当たる息が、今まさにされている行為を思い起こさせ、余計に羞恥心《しゅうちしん》を煽る。

両手が自由になるのなら、まず先に耳を塞《ふさ》ぎたいと思うほど、浩輔さんの声は艶《なま》めかしく色気があった。

「か、かちょ……」

「そうじゃないだろ」

「ひゃ、ああんっ」

まるで罰を与えるかのように先端を強く吸われ、身体が反応して背中が仰《の》け反《ぞ》った。

こんなこと初めてで、自分の身体にどんな変化が起こり始めているのかわからない。

わかるのは、それがまだ少し物足りなくてもっと欲しいという思いと、自分でも知らない自分を浩輔さんに見られるのが恥ずかしくて、逃げ出したい気持ちがあることだけ。

「こ、すけさん……電気っ」

「消す必要はない」

先端に軽く歯を立てられ、ぴりっとする感覚にすべてが奪われていく。

「はぁ、んっ」

もっと欲しい。でも怖い――

やっと腕が自由になった頃には、息が上がっていて、うっすらと視界がぼやけて見えた。

「そんなに良かったのか？」

私の耳元に言葉とキスを落として、浩輔さんが顔を離した。

「もうっ、いじわるです！」

「そんなことはない」

浩輔さんはただ楽しそうに笑うだけだった。

ちゅっと額にキスをして半身を起こすと、片手でネクタイを外し、ワイシャツのボタンに手をかけた。少しずつ露わになっていく肌に、私ははっと息を呑む。

馴れた動きでシャツから腕を抜き、それをベッドの下に投げ捨てた。そんな動きひとつひとつが官能的に見える。

広い肩幅。引き締まった二の腕。露《あら》わになった胸板からウエストまでを目で追い、とうとう耐え切れずに両手で目を隠した。

「目の前で脱ぐなんて……セクシーすぎます！」

「なんだ、それは」

私の感想に浩輔さんがぷっと噴き出す。

「香織の方が綺麗で、セクシーだよ」

衣類を脱ぎ捨てた浩輔さんが再び私の上に覆《おお》い被《かぶ》さった。

「私なんか綺麗じゃないです。胸も小さいし、スタイルが良いわけでもないし……」

「そんなことはない。なめらかで吸い付くような肌だ……」

脇腹をくすぐるように手がのぼり、じらすように胸元を掠《かす》める。

「思わずキスしたくなるほどに」

くすぐったい口づけはひとつずつ丁寧に、首筋から鎖骨を辿《たど》り焦《じ》らすように胸の頂きを目指す。

すでにその快楽を知ってしまった私は、恥ずかしいと思いつつも、どこか心の奥の方で今か今かと甘い刺激を待ちわびていた。

「あ、んっ」

浩輔さんの口づけが輪郭をなぞる。身体中の熱が下半身の、へその下あたりに集まっていくような感覚に身体が震えた。

するすると胸元から下りた手が肌をすべり、膝が割られ内腿を撫《な》でる。その手が今まで誰も触れたことのない部分にそっと触れた。

「や、ああっ」

切ないほどに刺激を欲していた蕾《つぼみ》を撫でられ、甘い声を上げる。ゆっくりと上下に擦《こす》られ、ふいに訪れた強い快楽に腰が浮いた。

「っ――」

唇を引き結び、必死に声を抑えた。快楽の波に攫《さら》われないよう唇を噛み、声を押し殺して必死に我慢する。あられもない声を出して嫌われるのが怖かった。

「我慢しないで。声を出していい」

顎《あご》を捕まれ、開いた唇を割られて舌を吸われる。噛んでいた下唇の噛み跡を癒すようにぺろりと舐められた。

「ん、はあっ……」

抑えていた声が漏《も》れてしまう。自分のものではないような、初めて聞く淫《みだ》らな声が、堪《たま》らなく恥ずかしい。

「あっ、あん、やあっ……」

指で蕾に休みなく刺激を与えられ、全部の神経がそこに集中したような感覚に、身体が次第《しだい》に熱くなる。

「ああっ」

ぐいと皮膚を割り、何かが中に押し入った。すでに潤《うるお》っていたそこは、何の抵抗もせずに異物を受け入れてしまう。

「ひゃ――」

戸惑いを感じて、浩輔さんの腕を掴《つか》んだ。

「ま、待って――」

決して嫌なわけではない。が、期待と不安が半分ずつ、どうしていいかわからない。

「大丈夫、怖くない。ゆっくりするから」

優しく穏やかな声で私を安心させてくれる。すべてを委《ゆだ》ねられる。そう思うと、自然と肩から力が抜けた。

「指で先に慣らすだけだ」

ぐっと奥深くまで侵入する指が、中を探るように動き回る。そしてある一点を掠《かす》めた。

「ああっ、なに？　やぁっ――」

「ここがいいのか？」

それはふいに強い快感に変わった。

「あっ、や、んんっ……」

指の動きに合わせるかのように、くちゅくちゅと水音が響く。それが潤滑剤《じゅんかつざい》の役割を果たしているようで、先ほどよりも規則正しい刺激が繰り返される。

ありとあらゆる感覚が麻痺していく。残るのは快楽だけ。

同時に蕾《つぼみ》をなぞる指先は、溢《あふ》れる蜜を掬《すく》い、優しく、激しく擦《こす》り続ける。

「そこ、も、だめっ」

気持ち良くて、だけど切なくて苦しい、そんな不思議な感覚に支配されていく。

「あ、あっ、ああ……」

ゆっくりと確実に何かが近付いている。怖いけれど、もっと欲しい。身体は貪欲にそれを求めていた。

「先にこっちで気持ち良くなるといい」

「あ、んっ」

目をきゅっと閉じる。全神経が刺激を受けている一点に集中する。くっと息を止め、のぼってくる快楽を受け入れる。

「あっあっ……あああっ」

下腹部がビクンと痙攣《けいれん》し、待ちわびていた絶頂を迎えた。

「香織……」

ゆっくりと引いていく余韻に浸《ひた》りながら、ゆるゆると目を開く。浅い呼吸を繰り返す私の唇に軽く口づけると、浩輔さんはサイドテーブルにある何かをごそごそと取り出し、自身に装着し始めた。

薄いパッケージは見るのが初めての私でも察しが付く。

「浩輔さん……」

「大丈夫、いくよ――」

甘い余韻の残る中、再び押し入れられる感覚に思わず目をつむる。先ほどとはまったく違った質量のものが侵入してきて、身体が引き裂かれるような痛みが走る。

「つっ……」

私の身体はそれを拒《こば》むかのように硬くなり、掴《つか》んでいた課長の腕に爪を立てた。

「ごめ、なさ……」

はっと気付き力を緩《ゆる》め、鈍い痛みに歯を食いしばる。

「気にするな、そのままでいい」

耳元で囁《ささや》かれ、申し訳ないと思いつつも、私は浩輔さんの腕に爪の跡を残しながら必死でしがみついた。

「ゆっくり息を吸って。力は抜けるか？」

徐々に押し込まれていく感覚に眩暈《めまい》がしてくる。苦しくて、怖い。けれど、言いようのない喜びがそこに存在しているのも確かだった。

「つらいか？」

「だい、じょうぶ、です……」

「……すまない」

頬を撫《な》でられ、唇が塞《ふさ》がれる。歯列《しれつ》を割って口腔内に押し入った舌が、私の舌を探り、根元から絡め取る。

「ふう、んっ」

それが痛み止めの役割を果たしているようで、不思議と痛みが和《やわ》らいだ。真似をするように浩輔さんの舌を追い求める。

「はあ……入ったぞ。つらいか？」

そう聞いてくる浩輔さんの方が苦しそうに眉根を寄せている。だから私は首を振った。

「浩輔さんの方が、つらそう……」

「少しだけな。香織の中がきつくて、動きたいのを我慢しているだけだ」

微笑《ほほえ》み、熱い眼差しを向けながら私の下唇をぱくりと食《は》む。そして、私の顔の横に手を置いて、自身の身体を支えた。

「いいか、少しずつ動くぞ」

「はい……いっ」

最初は痛くて、何が何だかわからなかった。最初の行為のおかげで準備は整ってはいたものの、指とはだいぶ質量の違うものに内側を擦《こす》られて身体が引き裂かれそうだった。

「んっ……」

薄く目を開くと、私を気遣いながらも苦痛に顔を歪《ゆが》める浩輔さんに、胸がキュンと疼《うず》く。早く終わってほしいという願いと、繋がったことが嬉しくてこのままでいたいという想いが交差する。

「ふぁ、ん」

ゆっくりと、慈しむような抽送《ちゅうそう》に、次第《しだい》に身体が慣れてきた。

今、私と浩輔さんが、ひとつに繋がっている。それが堪《たま》らなく嬉しい。視界がぼやけ、鼻の奥がツンと痛む。

「大丈夫か？　つらいのか？」

「ううん違うの。私、幸せだなって」

「そうか。俺も幸せだよ」

私の目元を拭《ぬぐ》いながら、苦しそうに目を細める浩輔さんを愛おしいと思った。

「初めてが、浩輔さんで良かったです」

「……そんなこと、急に言うな」

浩輔さんが顔を歪ませ、小さく呟《つぶや》いた。

だいぶ無理をさせてしまっているのかもしれない。そんな風に優しく接してくれる浩輔さんが本当に、本当に大好きだなと思った。

「私は大丈夫だから、浩輔さんも、その……気持ち良くなってほしい」

小さな声で囁《ささや》くと、急速に突き上げられる動きが激しさを増した。

「っ……すまない」

「平気、です」

腰を打ち付けるスピードが速まり、水音と互いの肌が触れる音、短く吐く息遣いだけが聞こえる。

「あっ、んんっ」

「──ああ、香織」

そして次の瞬間、私の中で熱が弾けた。

「無理をさせてしまったな。水は飲めるか？」

上半身をゆるゆると起こし、手渡されたペットボトルに口をつける。ふう、と息を吐き、心配そうに見つめる浩輔さんに笑いかけた。

「大丈夫ですよ。痛いのは最初だけって聞いてますし……その、次は気持ちいいって……」

自分で言って、予想外の恥ずかしさに顔を伏せた。

「あの、えっと……」

「そうか」

浩輔さんは、私からペットボトルを取り上げるとサイドテーブルに置いた。

「あ、まだ……」

私の手の平にちゅっとキスを落とし、熱い視線を向けたまま顔を近付ける。獲物を狙う肉食動物のような目に、私はたじろいだ。

「えっと、あの、次って今日じゃなくて、ですね……」

浩輔さんは、私の慌て振りを見てぷっと噴き出した。

「わかってる。無理をさせるつもりはない」

私を抱きしめると、ごろんと隣に横になる。

「これくらいはしてもいいだろう？」

肌が触れ合い、裸なのに温かい。背中を撫《な》でられて、まるで小さな子供になったような気分だった。

「――だから、明日だな」

「……ええっ！」

私の動揺を感じ取ったのか、くっくっと笑いながら腕に力を込めた。

「冗談だ。さあ、もう寝なさい。こうして抱きしめたまま眠れるだけでも気分が良い」

「わ、私もです！」

優しい言葉と温もりが心地よくて、私は幸せを噛み締めながら目をつむった。


マダム・オルテンシアの占いの通り、私は運命の人と幸せを手に入れた。

寝入りばな、占いのおかげだと呟《つぶや》いたら、浩輔さんは私が行動したからだと言った。

「占いがこういう結果にしたんじゃなくて、私が行動したから？」

「そうだろう？　幸せも不幸《ふしあわ》せも、みんな平等に同じだけ訪れる。良いも悪いも自分の捉《とら》え方次第《しだい》だよ」

「捉え方次第……じゃあ、例えばコーヒーをかけられて、私って運が悪い！　って思う前に、私が倒さなくて良かったたって思うことですか？」

そう言うと、どんな例えだ、と浩輔さんが笑い出す。

「でも、まあそうなんじゃないか」

私の髪をすくいながら微笑《ほほえ》んだ。

「そっか……そうなんですね」

私は今までずっと運が悪いと嘆いて、そこだけしか見ていなかった。だけど、ちょっと違う見方をすれば、それは百八十度変わってしまう。それだけで世界は突然色付き始める。

今までの私は、嫌な出来事にばかり気を取られて、運が悪いと嘆《なげ》いていただけだったのだ。

これからは私の隣にいる浩輔さんと一緒に、楽しいことも嫌なことも経験しながら笑って過ごすのだろう。

それに、もし嫌なことがあったとしても、浩輔さんが私のそばにいてくれるなら乗り越えられそうだ。

前途多難の恋模様

1

倉庫に向かって歩いていると、昼休みのチャイムが鳴り響いた。

「もうこんな時間か」

腕時計を見ながら渡り廊下に差しかかった時、ひらりと桜の花びらが目の前を通り過ぎた。

「島崎、ちょっと待ってくれ。あと三分！」

扉が開け放たれた倉庫内から声をかけられ中を覗《のぞ》く。声の主《ぬし》は商品管理部に所属している同期の香川だ。

取引先から急な納品依頼があり、同期のよしみで至急対応を依頼したのはほんの数分前のこと。彼は文句を言いつつもすぐに取りに来い、と請け合ってくれたのだ。

「悪いな香川。もう休憩時間なのに」

「まったくだよ。貸しにしといてやるから、今度何か奢《おご》れよ！」

香川は倉庫内を行ったり来たりしながら頼んだ商品をかき集めていた。いつもは数人が作業している倉庫は、今は彼一人しかいないようだ。

まだしばらくかかりそうだと判断した俺は、倉庫の扉に背中を預け腕を組み、中庭の方へと視線を移す。

その桜の木の前に女性が一人、神妙《しんみょう》な面持《おもも》ちで立っていた。

――誰だ？

若干幼さの残るその顔はどこか切なげに見えた。肩で切り揃えられた髪が風に揺れる。彼女はそれを軽く押さえながらも、じっと桜を見つめて動かない。

その姿に何故か惹きつけられた。

つい、その一挙一動を見守っていると、彼女は木を抱くように両手を広げた。

「……何をやっているんだ？」

興味をそそられ、次の行動を注視する。

「やあっ！」

すると彼女は、気合いの入ったかけ声と共に手の平をパチンと合わせた。

そっと手を開き中を覗く。がっかりした表情から、何かを捕まえようとして取り逃がしたことがうかがえる。けれど彼女はこりずにまた周囲を見回し、手を振り上げ始めた。

見ているうちに舞い散る花びらを掴《つか》もうとしているのだと気付く。真剣な表情で舞い落ちる花びらを追っているその様子を、気付けば俺も息を殺して見つめていた。

強い風が吹き、満開の桜の枝からはちらちらと花びらが落ちてくる。彼女は目移りしながらも狙いを定め、思い切り腕を伸ばした。

開いた手の中を覗き見て嘆息する。またもや掴《つか》めなかったらしい。

そんな彼女の背後から、忍び足で近付く女性社員の姿。

「こらー、早瀬！」

「わあああっ！」

大きな声で叫びながら、早瀬と呼ばれた女性が振り返った。

「あ、青木さん！　脅かさないで下さいよ！」

「あはは、何やってんの？」

「桜の花びらを掴もうとしてるんです。知ってます？　空中でキャッチできると願いが叶うんですよ」

「それ、なんか聞いたことあるかも」

そう言いながら、青木は目の前を過ぎる花びらに手を伸ばした。手の平を上に向け、落ちる花びらを難なく掴む。

「ほら取れた」

「え、もう!?」

「これくらい簡単でしょ？　早瀬ちゃんは何枚取ったの？」

「えっと、まだ一枚も……」

その言葉に笑い出す青木に、彼女は頬を膨らませた。

「だって花びらが逃げるんですもん」

「そりゃ、気合い十分で腕を振り上げれば、風に煽《あお》られて飛んじゃうでしょ。待てばいいの。ここに来るだろうなって予測してさ」

「あ、なるほど……」

やってみます、と言ったものの、花びらは彼女の手から逃げるように地に落ちた。

「笑いを堪《こら》えるのやめてください！」

「ご、ごめ……」

「もうっ、怒りますよ！」

それでも笑いが止まらない青木を追いかけ、ちょっとした鬼ごっこが始まった。

「願いが叶う、か――」

「待たせたな。ん？　何笑ってんだ？　いいことでもあったのか？」

「いや、別に」

表情を改め、いつの間にか目の前に立っていた香川から商品の入った段ボールを受け取った。

「ほらよ、営業部の控えだ。もう倉庫閉めるけど大丈夫だよな？」

俺に納品書を押し付けながら、香川はそわそわと中庭に視線を向けた。

「――そうか、今日は商品管理部の花見か。そんな時に悪かったな」

ならば、見覚えのないあの女性は、今年入った新入社員だろうか。

「年に一度の宴会だからな。昼から特上寿司！　朝から楽しみにしてたんだ」

そうこうしているうちに桜の木の下には人が集まり始め、女性社員がケータリングのオードブルやペットボトルの飲み物を配り歩いていた。

「せっかくの花見なんだから、酒くらい飲みたいよなあ」

その様子を眺めながら、香川は倉庫の鍵をかけた。

「じゃあな！」

柵をひょいと飛び越え、少し高さのある廊下から中庭へ移る。

「早瀬さーん、俺も俺も！　座るところある？」

「あ、乾杯始まっちゃいますよ。急いでください香川さん！」

「……早瀬か」

小走りで向かってくる香川を笑顔で迎える彼女を、もう少し見ていたいと思ったのはどうしてだろう。

その理由もわからないまま月日が流れた。

五月の大型連休が終わったばかりの社内には、特有の重く気だるい空気が漂《ただよ》っている。そこかしこで聞こえるのは、楽しかった連休中の思い出話や、次の休みが待ち遠しいというような内容ばかりだった。休みの間も家で仕事をしていた俺としては、同意を求められても苦笑いで答えることしかできない。

「え、課長。せっかくの休みなのに仕事してたんですか？」

「部長は連休中にゴルフ行って、島崎課長は出かけられずに家で仕事って、ありえないですよ、それ！」

ほぼ全員から問われた質問には、驚愕と、ほんの少しの怒りと憐《あわれ》みが込められているような気がした。

年度計画の達成率も四半期ごとの目標設定も、各自の進捗《しんちょく》状況の確認だって、もちろん無理強《じ》いされてやっているわけではない。四月に課長に昇進したばかりの俺は、管理職として、部下のいる立場として課内のことを把握しておきたかっただけだ。

俺の休日の過ごし方くらい放っておいてほしい。

今もこうして食事の時間を使い会議資料の確認をしていることが知れたら、さぞかし同情されるのだろう。

「よう、ここいいか？」

声をかけられ、資料から顔を上げる。俺が答える前に、香川は向かいの席にトレイを置き椅子《いす》を引いた。

「めずらしいな、島崎が食堂使うなんて」

「ああ、会議があるんだ」

香川の指摘通り、俺は昼食はいつも外で適当に済ませていた。

しかし、今日は事前に会議資料の内容を頭に叩き込んでおきたかったため、食堂で食事を済ませることにしたのだ。

「食事中なのに数字とにらめっこか？　お前、ほんと仕事好きだなあ」

「仕方ないさ、見直す時間が今しか取れなかったんだ」

「真面目かよ！」

よくわからないツッコミを自分で言って笑いながら、香川は大口を開けてカツ丼を食べ始めた。

「あ、再来週、総務部の女の子たちと飲み会やんだけど、お前も来るよな？」

「行けたらな」

「来いよ。お前を誘ってくれって頼まれてんだ。遅れてもいいからさ」

それを無視して眼鏡を押し上げパソコンを見ていると、香川は両手をパンと合わせて頭を下げた。

「な！　この通り！　あん時の借りを返すと思ってさあ。島崎連れてくって言っちゃったんだよ。総務の羽村《はむら》さんが来るんだ、いい顔しときたいんだよ！」

「……わかったよ」

懇願する香川を見て、ため息まじりに答えた。

彼は総務部の羽村に気があるらしく、何度か飲み会を主催しては、こうして俺を無理矢理参加させるのだ。もちろん盛り上げ役は香川で、俺は静かに酒を飲むか、周りの女性社員の会話に適当な相槌《あいづち》を打つことしかできない。

それに、気付くと羽村は俺の隣で世話を焼きたがる。俺がいても二人の関係は進展しないと思うのだが、何故か毎回こうして誘われるのだ。

わざわざ飲み会を主催するよりも、二人で食事にでも行った方が早いのではないだろうか。

「なあ、香川――」

余計なお世話かもしれないが、一つだけ忠告しようと口を開きかけた時だった。

「おーい！　青木さん、早瀬さん、こっちおいでよー」

同席の俺に何の許可もなく、大声で叫びながら手を振った香川は、空《あ》いている席を指さした。

するとトレイを持ってキョロキョロしていた女性社員が気付き、笑顔でやって来る。

先日、桜の木の下で目撃した二人組だった。

「助かります、香川さん。今日は雨だから食堂混んでて。もう立ち食いしようかって早瀬ちゃんと相談してたとこでしたよ」

「ちょ、青木さん！　そんな相談してませんってば！」

豪快に笑う女性は、俺に気付くとはっと目を見開き、ばつが悪そうに苦笑いした。

「やだ、島崎課長!?　あ、今の……冗談ですからね。あはは」

「猫被《かぶ》っても青木さんのガサツなとこはお見通しだよ」

「ちょ、香川さんやめてくださいよ！」

そんな話をしている青木の背後を見ると、早瀬が彼女の背中に隠れるようにして俯《うつむ》いていた。

はらりと流れた髪で表情まで確認できなかったが、照れているのかそれとも人見知りなだけなのか、俺を見ないように視線を外して黙り込む。

「この子たち、同じ部署の青木さんと早瀬さん。同席してもかまわないだろ？」

「ああ」

気になってじっと見てしまっていた早瀬と目が合った。彼女は肩をびくりと震わせ、あからさまに目を逸《そ》らした。

——なんだ？

そうされる意味がわからず、俺は眉をひそめた。

「あ、香川さん、昨日のドラマ見ました？　やっぱり私の推理通りの展開でしたね」

「あれ凄かったね！　青木さん探偵向いてるんじゃない？」

青木が香川の隣に座ると、目に見えて早瀬が焦り始めた。

慌てた様子で青木の背中と俺の隣の空席を交互に見て、何とも言えない表情でその場に硬直する。

四人席のテーブル、空席は俺の隣しかない。そして彼女はトレイを持ったまま微動だにしない。

「早瀬ちゃん、何してんの？」

割り箸を割りながら、座らない早瀬を不思議に思った青木が問いかけた。

「あ、いえ、その……」

早瀬は俯き、もごもごと口ごもる。

人見知りなんだな――と、俺は単純にそう思った。

「会議の準備があるから俺はこれで失礼するよ」

「えー、島崎課長もう行っちゃうんですかー？」

「悪い。あとは三人で楽しんで」

早瀬は他部署でもあり、初対面の人間と同席することに抵抗があるのだと察した。気を遣うわけではないが、食事時くらいはリラックスしたいだろうと思い、俺は席を外すことにしたのだ。

パソコンを閉じて脇に挟み、トレイを掴《つか》む。去り際《ぎわ》、早瀬がほっとした表情になったことには気付いていた。


それからしばらくして、食堂での一件も記憶の彼方に遠のいた頃——

倉庫の扉を開けると、独特のインク臭さに包まれる。この臭いは嫌いではないな、と思いつつ周囲を見回した。

部屋の奥には背の高いラックが何列にも並び、手前には作業台と書類や電話の置かれている事務机がある。

作業台には箱詰めされた商品が綺麗に並べてあり、床には組み立てられただけの、空《から》の段ボール箱が散らばっている。そこには商品を箱に詰めている早瀬がいた。

鈴が転がるような声で鼻歌を歌っている。聴いているうちに、猫のキャラクターが歌って踊る食品会社のＣＭ曲だと気付いた。

さて、どうしたものか……。

彼女は俺が来たことにも気付かず、機嫌良く梱包《こんぽう》作業を続けている。

しかもしゃがみこんでいるせいで、制服のスカートの布地がぴんと張り、太ももの形がはっきりと見えている。細すぎず程よい肉付きをした太ももは実に俺好みだ。邪魔なストッキングを脱がせ、その肌にじかに触れたいという欲求が湧き上がる。

色の白い柔らかそうな肌や、細い首筋へ無意識に視線を彷徨《さまよ》わせて、はっと気付く。

何を考えているんだ、俺は！

慌てて早瀬から視線を逸《そ》らす。この時ばかりは周りに人の気配がなかったことに心底ほっとした。

社内の女性に、いや、社外の女性に対しても、こんなやましい感情を持ったことは初めてだった。

息を深く吸い、早瀬に向き直る。

「すまないが――」

背を向けていた彼女に声をかけると、小さく「ひっ」と悲鳴を上げて振り向いた。顔をこわばらせ、まるで化け物でも見たかのように目を見開く。

……なんだこの驚きようは。話しかけて驚かせてしまったのだろうか。それとも、俺がずっと早瀬の身体を見ていたことに気付いたのか？

「ゴホン、あー香川はいるか？　ここにいると聞いたんだが」

「は、は、はい！」

早瀬は二歩三歩と後ずさると、くるりと背を向け脱兎《だっと》のごとく駆け出した。しばらくすると、ラックの陰から香川が現れる。

「なんだ、どうした。クレームか？」

早瀬の焦った様子から、何かただならぬ事態が起こったと思ったらしい。香川は俺が手に持つ書類を凝視した。

「いや、これを用意して欲しいだけなんだが……」

素早く書類を受け取る。香川は、それがいつも目にする指示書だったことにほっと息を吐いた。

「はあ、それだけか？」

「ああ――」

香川は不思議そうに頭を掻き、後ろを振り返った。

「何事かと思ったよ」

それは俺も同感だった。ただ声をかけただけなのに、まさかあそこまで驚かれるとは思わなかった。

ここまでされれば、嫌でも気付く。彼女は明らかに、俺に対して怯《おび》えている。以前に何かしただろうか……いや、何も思い当たらない。記憶力には自信がある。早瀬とは今まで会話らしい会話をしたことがない。

「早瀬さーん！　これ今すぐ用意できる？」

「わ、わかりました！」

早瀬は、ラックの間から出てくると、俺が渡した用紙を香川から受け取り、再び逃げるように去っていった。

どうしてここまで嫌われているのだろうか……

「彼女は今年入った新人か？」

「早瀬さん？　いや、去年だよ。そっちの、おっかない女の子と同期」

おっかない？

「小林のことか？」

「そうそう。あの子、見た目も性格も怖いよなあ」

言いながら、香川は事務机のパソコンを操作して、納品書やその他の書類を作成し始めた。

「………俺は、彼女に何かしたかな？」

「そうだなあ、なんか怖がってるみたいだな」

香川も早瀬の態度には気付いたらしいが、それを気にかける様子はない。

「あ、ほら、お前愛想ないからじゃないか」

そればかりか、思い付いたとばかりに失礼なことを言ってくる。

「……そうか？」

愛想がない？　それは少しばかり心外なのだが。

「あの……香川さん、用意できました」

数分後、蚊の鳴くような声でそろりと香川のそばに立った早瀬は、極力俺を視界に入れないように下を向いて、頼んだ商品を集めて戻って来た。

「ありがとね、間違ってはないと思うけど確認するね」

「はい、お願いします。あと動物の尻尾《しっぽ》シリーズの在庫があと一箱で、パソコンの在庫表と違ってるような気がしたんですけど」

「え、ほんと？　…………あ、確かにそうだね。よく気付いたね！」

「えへへ、月初に在庫チェックしたの私で、覚えてたんです。猫のやつがかわいいなって思ってたから」

褒《ほ》められて嬉しそうに微笑《ほほえ》む早瀬を横目に見ながら、やはり納得がいかずに腕を組んだ。

どうして彼女は俺を怖がるんだ？　香川の言う通り、俺に愛想がないからか？　香川には笑いかけるのに、俺には怯《おび》えた表情しか見せてくれない。それが何故だか無性に腹立たしく思う。

理由もわからず、あからさまに人に嫌われるというのは、思った以上にストレスだった。

小さくため息を吐き、窓の外に目を向けると窓ガラスに映《うつ》る自分と目が合う。眉間《みけん》に皺《しわ》を寄せ、口を真一文字に引き結んでいる、見慣れた姿だ。

確かに、早瀬のように小柄でおっとりした女性から見たら、俺は怖いのかもしれない。

香川に気付かれる前に表情を改め、眉間に深く刻まれた皺を手で揉んだ。

――愛想がない、か。

どうやら自分が思っている以上に、香川に言われたことがショックだったらしい。同時に、早瀬に怖がられているのが自分だけだという事実にも。何故だかわからないが、胸の奥がざわついた。

「在庫表の方はとりあえずおいといて、こっち先に準備してくれる？　ほら、島崎が早くしろって怒ってるからね」

考え事をしていた俺を指さし、香川は笑ったが、早瀬は俺を見るなり顔を青くした。

「す、すみません！　急ぎますので！」

ぱたぱたと駆け出し、足元にあったゴミ箱を蹴って中身をばらまいてしまう。

「わああっ！」

「……そこまで急がなくてもいい」

転がってきたガムテープの芯を拾うと、彼女は俯《うつむ》いたままそれを受け取り、散らばったゴミを慌てて拾い集めている。

若干涙目だったことに気付いた時は心が痛んだ。それもこれも、すべて香川のせいだ。ただでさえ怯えられているのに、脅すなんて。

「おい、香川。俺は別に怒ってなんか」

早瀬の背中を見送り、香川を睨《にら》みつける。

「そうか？　お前、怖い顔してるぞ。考えてる時の悪い癖だな」

香川は詫《わ》びるどころか、思いがけないことを言ってきた。

「そんなに――」

そんなに、怖い顔をしていたか？

疑問をぐっと喉の奥に押し込み、代わりにため息を吐いた。本当のところ、心当たりがないわけではない。

外出先でも女性にそう思われているのかもしれない、と思い当たったのだ。

受付での馬鹿丁寧な応対。お茶を出された時の、不自然なまでの目の逸《そ》らされ方。そういえば、緊張で顔が赤い女性がいたことも思い出す。

そうか、俺は怖い顔をしていたのか……

これからは表情にも気を付けなければならないようだ。

そして――願わくは、早瀬と普通に会話をして、香川に接する時のように笑いかけてくれると嬉しいのだが。

この頃から、早瀬のことを見かけると自然と目で追うくらいには、意識するようになっていた。ただし、見つめていられるのは彼女が俺の存在に気付くまでのごく短い時間だ。

早瀬は俺に気付くと避けるように回れ右をしたり、逃げられないと悟れば俯《うつむ》きながら小走りですれ違った。

香川や他の社員とは普通に会話をしているくせに、俺に対してだけは態度がだいぶ違う。

最初は腹立たしいと思っていた。少しくらい顔が怖いからといって一方的に嫌われることほど、理不尽なことはない。

何か誤解があるのなら解《と》いておきたいが、会話のきっかけさえないのだ。

香川に間《あいだ》を取り持ってもらおうかと何度か考えたが、「顔が怖くて嫌われているらしいからなんとかして欲しい」なんて言えるはずがない。

何よりも、こんな些細《ささい》なことを気にしているのだと思われたくなかった。

彼女とは、部署も違えば接点もない。見かけたら遠くから眺める。それが当たり前の日常になりつつあった。

そんな「当たり前」が変わったのは、それから二年後のある雪の日だった。

雨が雪に変わったことに気付いた俺は、早々に仕事を切り上げて帰ることにした。

幸か不幸か、この選択により、偶然にも彼女と帰りのエレベーターが一緒になったのだ。

相変わらず早瀬は俺を前にすると怯《おび》える。乗る直前までは楽しそうにしていたのだが、目があった途端、それは急激にしぼんでしまったようだ。

早瀬は俺とできるだけ距離を取るようにエレベーターの奥で縮こまっていた。

……今は二人きり。誤解を解《と》くチャンスなんじゃないのか？　俺は怒ってなどいないと伝えることができれば。

しかし突然そんなことを言えば、逆に気味悪がられるだけだ。天気の話でもしながら、それとなく怖くないアピールでもしてみようか……

そう思いながら乾いた唇を舐める。

しかし、タイミングが悪くエレベーターが一階に到着してしまった。扉が静かに開く。

今さら「今日は雪だな」なんて言うのもおかしいだろう。

俺は先程の計画を早々に諦めた。

「降りないのか？」

「は、はい、降ります……けど、お先に、どうぞ……」

噛みながら答える早瀬は明らかに挙動不審だった。先に降りろと、声をかけただけでこれだ。

はあ、とため息を吐く。言い方が冷たかっただろうか。なるべく穏やかに聞こえるように声をかけ、早瀬を先に降ろした。すると、

「きゃあっ」

「そこまで慌てなくてもいい。暗いから気を付けて」

焦って転びそうになる早瀬を咄嗟《とっさ》に抱きかかえると、ふわりと甘い香りに包まれる。

同時に、さらりとした長い黒髪が俺の手をくすぐり、彼女の顔を隠した。

「ご、ごめんなさい……」

早瀬は消え入りそうな声で呟《つぶや》いた。

このまま腕に力を込めて抱きしめたらどうなるだろう。そんな衝動を抑え、震える小さな肩から手を離す。

なるべく怖がらせないよう細心の注意を払いながら、早瀬が落としたスマホを拾った。

「ひっ、な、生首⁉」

……誰が生首だ。

頬が引きつりそうになるのを懸命に抑え込み、どうにか無表情を保つ。

早瀬はスマホを受け取ると、放心状態のままふらふらと歩いて行ってしまった。

あんな状態で帰れるのか？

少し心配で彼女を見ていたら、今度は困ったように空を見つめた。

「傘がないのか？」

「えっ」

「傘を忘れたのか？」

「……いえ、大丈夫です」

やはり傘を忘れたらしい。俺はいつも持ち歩いていた折り畳み傘を鞄《かばん》から出して差し出した。

「これを使っていい」

「でも、そしたら島崎課長が……」

正直なところ、俺の名前を知っていたことに驚いた。というより、彼女の口から、自分の名前が発せられたことに対する喜びの方が大きかったのかもしれない。

口元が緩《ゆる》みそうになったが、急いで表情を取り繕《つくろ》う。ここで笑おうものなら、俺はただの変なおっさんだ。

「俺は今日、車だから問題ない。足元に気を付けて」

そう言って傘を渡し、突き返される前に背を向ける。

「あ、ありがとうございます！」

車のドアを閉める直前、遠くから叫び声が聞こえた。

時間にして一分あるかないか。たったそれだけの会話だったにもかかわらず、何故だか嬉しくなったのだ。

初めて会話らしい会話をしたからかもしれない。

キーを回してエンジンをかけ、バックミラーを見る。そこにはだらしなく頬を緩ませる自分が映《うつ》っていた。

「……コホン」

誤魔化《ごまか》すためにわざとらしい咳をして、唇に手の甲を押し当て顔を隠す。にやけてしまいそうな口元を引き締め、薄気味悪い笑顔を必死で隠した。

多少なりとも会話ができた。これをきっかけに、早瀬から見た自分が「怖い人」から「思ったよりもいい人」にランクアップされないだろうか。

少しずつでもいい。彼女がいつの日か俺に笑いかけてくれれば——きっと望みはある。

「………何の望みだ？」

つい自問自答してしまう。しかし、自分の想いにはもう気付いていた。

何故早瀬に嫌われたままでいたくないのか。どうしてここまで彼女が気になるのか。

「くそっ」

ハンドルを殴ったのは八つ当たりに近い。

ああ、認めるよ。

この想いに名前をつけるとするなら——恋だ。

いつ落ちた？　いつからだ？

最初は、何故嫌われてるのかと不思議に思った。気になって見ているうちに笑顔がかわいいと思い始めた。

いつの頃だろうか、その笑顔を独り占めしたいという想いが生まれたのは。

「こんな歳になって、か……相手は早瀬、前途多難じゃないか」

さて、これからどうすべきか。

2

「し、島崎課長！」

名前を呼ばれ、資料から顔を上げる。

早瀬は緊張した様子で、きょろきょろと視線を泳がせていた。

「あの…………」

何かを言いかけて、ぐっと押し黙る。

「どうした？」

「――ご、ごめんなさい！　この前お借りした傘なのですが、帰りに転んで、壊してしまって……」

「ああ、そうか」

それくらいで怒ったりはしないのだが、早瀬は申し訳なさそうに足元を見つめている。

そんなことより、転んで怪我などしなかったのだろうか？

「それで、あの、新しいのを買ってきたんですけど……」

そう言って早瀬は、貸したものと似ている新品の傘を差し出した。

しかし俺は、その傘よりも早瀬の手の平に目が釘付けになる。大きな絆創膏《ばんそうこう》が貼ってあったのだ。

転んだ時に手を突いたのだろう。絆創膏に収まらなかった部分には、痛々しい擦《す》り傷が見える。

「本当に、すみません。同じものをと思ったんですけど、見つからなくて……」

「それは気にしなくていいが、手は大丈夫なのか？」

「は、はい。これくらいの怪我はいつものことなので……」

いつも転んでいるのか？　不思議に思いながらも傘を受け取る。

それはよく見ると、有名ブランドの高価なものだった。

「あの……」

傘を見ながら黙ったのを怪訝《けげん》に思ったのか、早瀬は今にも泣きそうな顔をしてこちらの様子をうかがっていた。

「この傘は受け取れない」

前の傘と比べても高すぎだ。

「え？」

今にも崩れ落ちそうな様子を見て、俺は慌てて言葉を付け足す。

「そ、そんな……」

「前の傘より高価すぎる。壊れたなら壊れたで構わない」

「でも……」

「予備はあるから気にするな。これは君が使いなさい」

「…………え、あの、私はもっとかわいい傘が好みなので……じゃなくて、この傘は、島崎課長に買ったものなので、私が持ってても。代わりに使ってください」

消え入りそうな声でそう言われた。

俺のために選んでくれたのか？　いや、似ているものを探したというだけだろう。

他意はないのだろうが、その言葉がじわりと心を侵食していく。

俺のため――それが嬉しかった。

「なら、遠慮なく使わせてもらうよ」

受け取ると、早瀬はほっとしたように微笑《ほほえ》んだ。初めて見た表情に心がざわつく。

「本当に、すみませんでした！」

ぺこりと頭を下げると、くるりと背を向ける。

もう少しだけ、その貴重な笑顔を見ていたかったのだが。

ふと早瀬の右手と右足が同時に出ているのに気付き、俺は必死で笑うのを堪《こら》えた。

早瀬から声をかけられたのはこれが初めてだった。この気待ちは、この嬉しさは何だろうか。

懐かない犬か猫が、恐る恐る近寄ってきてくれたような、どこかくすぐったい幸福感に包まれた。


「よう、今帰りか？　どっか寄ってかね？」

「別に、構わないが……」

水曜の定時退社日、出入り口の扉の前で待ち伏せをしていた香川に誘われ、二人で近くの飲み屋に入った。

カウンター席に座り、とりあえず生ビールで乾杯をする。

香川は心ここにあらずといった様子でため息ばかりだ。相談事でもあるのだろうと気付いたが、言い出すまで待つことにした。

当たり障りのない話をしながら何杯目かの焼酎の水割りを飲み、刺身をつまんでいた。

「あ、あのさ――」

香川の話は、総務部の羽村とどうすればうまくいくかという相談だった。

「二人でどこか遊びに行けばいいじゃないか。大勢で飲み会をするより、二人きりでお互いの距離を縮めればいいだろ」

「……どうやって誘うんだよ」

「簡単だろ。休日にどこか行こうとでも言えばいい」

「そんな簡単じゃないだろ！　島崎はモテるから、誘っても断られないだろうがな！」

「そんなことはない。俺だって……」

例えば、早瀬を誘っても速攻で断られるだろう。

「なんだなんだ、島崎でさえ手に負えない女がいるのか？」

「ああ、まったく相手にされないよ。俺のどこがいけないんだか、その理由を教えてもらいたいもんだ」

香川に愚痴を言うつもりはなかったが、口を衝《つ》いて出たのは今までの不満だった。

香川は、そんな俺が珍しいと思ったのか、自分の相談も忘れて食いついてくる。

「どんな子なんだ？」

お前の方が、俺よりよく知っているだろう――だが、それは言わなかった。

「なあ、黙ってないで教えろよ」

「別に、普通の子だよ。笑顔がかわいくて、見ていると元気を分けて貰えるような明るい人だ」

ただし、俺には向けてくれない笑顔だが。

「……本当に羽村さんじゃないんだよな？」

「そんなわけないだろう」

笑顔の質が全然違う。比べるまでもなく、早瀬の方がかわいいに決まっている。

「なあ。お前、自分の持てるすべてを投げ打ってでも振り向かせたいと思った人はいるのか？」

「……さあ、どうだろうな」

あっただろうか。そんなこと、考えたこともない。

女性と付き合ったことはある。それなりに大事にはしていたが、進学や就職、仕事の都合などを理由に別れてしまった。

多少は淋しいと感じたが、手放したくないという思いはなかったと思う。

黙っていると、水割りのグラスを空《から》にした香川が呟《つぶや》く。

「俺は、羽村さんが好きで好きで仕方がないんだ……ふわふわの髪に顔を埋《うず》めたい！　白い肌に触れたい！　ツヤツヤの唇にキスしたいんだよ！」

「おい、声がでかい」

突然の大声に周りの人が注視する中、酒のせいで興奮する香川を小突いた。

「でもわかるだろ、俺は本気なんだよー」

今度は机に突っ伏し、泣き言を言い始める。飲み過ぎだ。

「ああ、そうだな」

そろそろ出るか。通りかかった店員に合図を送り、伝票とクレジットカードを手渡す。

「島崎はいいよなあ」

「今度は何だ？」

それはこっちの台詞《せりふ》だ。俺だって、早瀬と普通に会話をしたいのに、そんな簡単なことでさえできないでいるのだから。

「でも、俺がんばるよ。動かないと何も始まらないもんな。やらないで後悔するより、やって後悔したほうが、自分も納得できるしな」

「……そうだな」

ふらつく香川に手を貸して店を出る。

「この時間は冷えるな。おい、俺を車で送れよ」

「無理だよ。俺だって飲んだんだ。車は会社に置いてきた」

「俺がお前の想い人じゃないから、車に乗せないってことか？　そうだろ！」

「ああ、もうそれでいいよ」

すれ違った女性たちにクスクスと笑われながら、絡む香川の腕を引き駅まで歩く。

けれど頭の中では先程の香川の言葉がぐるぐると回っていた。

――そうだ、香川の言う通りだ。何もしなければ何も始まらない。怖がられているのなら、怖くないとわかってもらえばいい。

商品の売り込みは得意だ。相手が何を求めているかを瞬時に読み取り、望みを叶える。俺はその勘の良さで業績を上げて出世したんだ。

同じように早瀬に自分を売り込めばいい。

今までは遠くから眺めているだけだったが、こちらから声をかける。話してみたら案外いい奴だった、なんてよくあることじゃないか。早瀬にそれをわかってもらうのだ。

傘を貸した時は会話ができた。だから、なんとかなる。

そう思ったのに……

後悔先に立たずとは、まさにこのことだろう。

目をつむると、顔を真っ赤にして瞳を潤ませた早瀬の顔が浮かんだ。

まさか、スカートが破れていたなんて。

怯《おび》えようから察するに、きっと怖い顔をして迫《せま》っていたのだろう。

俺はただ、何か困ったことでもあったのかと思っただけだ。助けが必要なら手を貸そうと……それなのに――

上着を返しに来た時も彼女は終始俯《うつむ》いたままで、決して目を合わせようとはしなかった。

「よう！　今日のAランチはカレーだぞ」

自責の念に駆られながら階段を下りていると、食堂に向かう途中の香川に会った。奇しくも数時間前に俺が早瀬を追い込んだ場所だ。

「そうか」

「外に食べに行くのか？　カレーだぞ」

「ああ」

気のない返事が気に入らないのか、香川は俺の隣に並び、探るように見てくる。

「なんだ、どうした。腹でも下したのか？」

「後悔してるんだよ。邪魔するな」

俺の気も知らないで、能天気にもカレーの話なんて、本当にどうでもいいことだ。

「へえ、いいこと聞いた。お前でも後悔するんだな」

そりゃするさ。最近は後悔ばかりだ。

早瀬と普通の会話をするために、何をどうしたらいいのかわからないのだから。

「そうかそうか……」

そんな俺の悩みを面白がるように、香川は楽しそうにしている。

じろりと睨《にら》んでやるともっと笑みを深めた。人の不幸がそんなに楽しいのか？

「何が言いたい？」

「ははっ。いやさ、お前が感情を表に出すのって珍しいから」

「そんなことは、ない」

「いやいや。いっつも無表情で、声を聞かないと嬉しいんだか怒ってんだかわかんない奴だよ、お前は」

「失礼だな」

そうは言ったものの、昔同じようなことを言われたことを思い出した。

高校時代、バスケ部のマネージャーに好きだと告げられて付き合ったが、半年後の別れの言葉は「一緒にいれば、島崎君のことがわかると思ったけど、一緒にいてもやっぱり何を考えているかわからない」だった。

……俺はそんなにわかりにくいのか？

「そんなだから誤解されてんだよ。島崎は『話してみたら意外といいヤツ』の典型だからな。まあがんばれよ！」

落ち込む俺をよそに、香川は訳知り顔で俺の肩を叩いて顔を寄せてきた。

「例の想い人と何かあったんだろ？」

そして、小さな声で囁《ささや》いたのだ。

「なっ――」

もちろん図星だったが、香川に言われるのだけは気に食わない。

ほんの数日前に羽村が受付で見知らぬ男と楽しそうに話していた——と泣きついてきたのはどこのどいつだ。

言い返そうとしたが、ふいに香川の興味が他に移った。

「そういや今日発表だったな。俺も新商品の企画書出したんだぜ！」

視線の先は食堂の前にある掲示板。

周囲にはちょとした人だかりができていて、新商品企画コンテストの結果で賑わっていた。

そして、掲示板の正面には、十二時のチャイムと同時に外出したはずの小林が早瀬と一緒にいた。そういえば、あの二人は同期だったな。

「わ、私は本当に……」

「じゃあ、私が早瀬さんの案を盗んだって言うの？　私の方が先に提出したのに？　疑わしいのは早瀬さんの方でしょ」

なにやら揉めているようにも見えるが、気のせいだろうか。

「あれって、早瀬さんと営業二課の怖い子じゃんか。どうしたんだろ」

首を傾《かし》げる香川を追い抜き、俺は早足で掲示板に歩み寄る。

「みんな、ちゃんと真面目に考えて提出してるのに、ほんと、ずるいわよね！」

微《かす》かに聞こえてくる会話で、ある程度原因は想像がついた。

「だいたい、早瀬さんは――」

「小林君、こんな所で何をしている？」

俺の声にはっと顔を上げた小林と早瀬は、揃ってまずい、という顔をした。

「すみません、今行きます」

パタパタと逃げるように小林が去り、同時に周りにいた者も散り始めた。

早瀬は俯《うつむ》いたまま動かない。財布を持つ手が、きゅっと固く握られていた。

「この企画は毎年あるんだ、必ず数人は似たような案を出す。だから……君も気にするな」

早瀬の気持ちを汲《く》み取って、そう言ってみたものの、たいしたフォローにならなかったみたいだ。

「……では、失礼しますっ」

最後まで顔は上げず、早瀬は逃げるように去っていった。

「相変わらずあの子はおっかないな」

香川がぽつりと呟《つぶや》いた。

「……行こう」

「え、お前、外行くんじゃなかったのか？」

「今日はカレーなんだろ？」

「なんだよ、島崎もカレー食べたいんじゃねえか」

香川に適当な返事をしながら注文の列に並んだ。実のところカレーよりも早瀬の方が気になっていた。

香川と窓側の席に座り、そこから離れた場所にいる早瀬の後ろ姿をちらりと盗み見る。ずいぶん落ち込んでいるように見えた。

作品が似ることは良くあることだ。気が強く、負けず嫌いなところがある小林は、同期に負けたのがくやしかったのだろう。しかし彼女の肩を持つわけではないが、早瀬も少し言われたくらいで、あそこまで気にしなくてもいいのに、と思う。

そんなことを考えながら、カレーを口に運んだ。正直なところ味はよくわからなかった。

「そうだ、きいてくれよ。うちの早瀬さんの話」

――お前のじゃないだろう！　香川の言い方に内心イラっとしながら、ついつい彼を睨《にら》んだ。

そんな俺の様子に気付きもせず、香川は楽しそうに続ける。

「今日、脚立《きゃたつ》乗って作業してたら、ラックの角にスカートひっかけちゃって、見事にビリっと。しかも落ちそうになって焦ったよ。咄嗟《とっさ》に支えたから、被害はスカートだけで済んだけどさ、だから俺がやるって言ったのに」

「――見たのか⁉」

「は？」

「だから、見たのか？」

「何がだよ？」

はっとして、香川の怪訝《けげん》そうな顔から目を逸《そ》らした。

「い、いや……」

「ははーん」

何かを察したらしい香川がにやにやと笑う。

「残念ながら見てねぇよ。なーに想像してたんだ、島崎。お前、見かけによらずむっつりなんだな」

呑み込んだ米が喉にひっかかり、急いでお茶に手を伸ばした。

「な、何を言っているんだ！」

「冗談だよ。ポーカーフェイスが崩れてるぞ、課長殿」

「茶化すな！」

「まあ、そんでさ、その早瀬さんなんだけど。知ってるか、魔女だって噂が流れててさ。今、使い魔の黒猫にするための生贄《いけにえ》を探してるんだって。言い出したの誰だよ、笑っちゃうよな」

「ああ、そうだな」

「……本当にそう思ってんのかよ？」

香川の話に適当に相槌《あいづち》を打ちながら、早瀬の後ろ姿を見つめる。

俺は部署も違ううえに、印象も良くない。できることと言えば怯《おび》えさせるだけ。

今のままでは、危ない時に手を貸すことも、つらい時にそばにいて慰めることもできない。ただの赤の他人だ。

早瀬に頼られたい。〝彼女の一番〟になるには、どうすればいい？

3

誤解を解《と》きたい。日常会話だけでもいいからまずは普通に話したい。そんな想いが日に日に強くなっていた。

「——え、異動させるんですか？」

早瀬を、営業一課に？　俺の部下に？

飯田部長に食事に誘われ、彼行きつけの小さな喫茶店で食事をしていた時だった。

まだオフレコだよ、と人差し指を立てながら。彼は続ける。

「君も掲示板を見ただろう？　あの案はすばらしいと思わんかね？」

「ええ。確かに女性らしい柔軟な思い付きだと感じました」

だが、それだけで？　企画商品が気に入ったという理由で？

もちろん願ってもないことだ。同じ部署になれば、毎日顔を合わせるし、嫌でも会話が増える。

そうなれば誤解を解くことなど朝飯前だ。まずは俺を怖い人ではないと理解してもらい、香川のような頼れる上司になればいい。そして、ゆくゆくは仕事もプライベートも話せる存在になることができれば……

これほど新年度が楽しみだったことはない。近い将来、早瀬に「島崎課長」と笑いかけてもらえる日が来ると思うと、仕事もやる気が出るというものだ。

――そして、楽しみにしていた四月。

現実はそうそううまくいくものではないということは、よくわかっているつもりだった。

「……早瀬君、また消費税が抜けているぞ。作り直しだ」

「え、あ……す、すみません！」

早瀬は相変わらず、俺を怖がっていた。俺が立ち上がっただけでびくりと肩を揺らすし、パソコンを見てため息を吐いただけでおろおろする。

ほんの少しの邪念で、俺の隣の席にしたのがそもそもの失敗だったのだろうか。

仕事に慣れていないからという理由もあるが、ちょっとしたミスも多い。おそらく俺を気にして集中できていないからだろう。これが別の意味だったら、どんなに嬉しいことか。

書類を受け取る早瀬は顔面蒼白で、この世の終わりのような表情をしていた。仲良くなるどころか、普通の会話さえできていない。

はあ、とため息を吐くと、パソコンを操作する早瀬の手が止まり、恐る恐るこちらの様子をうかがってきた。

それほどまでに俺は恐ろしいのか？　この状況を打開することはできないのか……？

どうしたらいいのかわからないまま数週間が経った。早瀬や新入社員の歓迎会においても、彼女は俺を相手にパニックを起こしてビールを零《こぼ》したあげく、テーブルの上を引っくり返していた。

「香織ちゃん、結構ふらついてるけど大丈夫？」

「モチのロンですー、ちょっとお手洗いに行ってきますー」

歓迎会も終盤に差しかかると、早瀬は足元が覚束《おぼつか》ない様子でフラフラしていた。

「あーあー、部長の口癖がうつってる……大丈夫じゃなさそうだなぁ」

木下が心配そうに呟《つぶや》くと、俺が口を挟む前に小林を手招きする。

「千尋ちゃん。悪いけど、香織ちゃんにタクシー呼んであげてくれる？」

「えー！　なんで私が!?」

「だって同期でしょ？」

そうですけど、と口ごもりながらも小林は、そのお願いを断ることもせず、戻って来た早瀬にコートを着せると、彼女の鞄《かばん》を持って外に引っ張り出した。

あの様子では、タクシーに乗ったとしても無事家まで帰り着けるか心配だ。

確か、早瀬の家は俺の家と同じ方向じゃなかったか。

急ぎ外に出て通りを探すと、意識が朦朧《もうろう》としている早瀬と彼女を支える小林を見つける。

「大丈夫か？」

今にも崩れ落ちそうな早瀬の肩を掴《つか》むと、俺の胸元に倒れかかってくる。平常心を保ちつつ、表情を引き締めた。

「ちょっと早瀬さん、自分で立ちなさいよ！」

やはりと言うか、早瀬は半分寝こけていて、放っておける状況ではなかった。

「あとは代わるよ。タクシーは？」

「呼びましたけど……え、二次会には行かないんですか？」

仕事が残っていると言い訳をして、小林から早瀬の鞄を受け取る。

しばらく待つと、小林が呼んだタクシーが到着した。

足元の覚束《おぼつか》ない早瀬を先に押し込み、俺もあとに続く。

行き先を告げ車が走り出すと、ぐらぐらと揺れていた早瀬の頭が俺の肩にトンともたれた。

酔いが冷めたらまた距離を置かれるのだろう。だから俺は微動だにせず、今を楽しむことにした。どうせもう少し走ったら早瀬を起こして家の住所を聞かなければならない。それでも起きなかったら、家がわからなかったと言って俺の家に連れて帰るのはどうだろう。

怖がっている男の家で目が覚めた早瀬はどんなに取り乱すのだろうか——ありもしない想像をしながら窓の外を見ていた。

「あれ、島崎課長?」

早瀬は二十分ほどで目を覚ました。

寝ぼけているのか、ぼうっとしながら俺を見上げている。その瞳には、いつものような怯《おび》えや警戒の色はなかった。それに不思議な感動を覚える。

「起きたか。そろそろ起こそうと思っていた。家はこの辺りだと聞いたんだが、住所は言えるか?」

「あ、はい……」

そのあとも、早瀬はとろんとした目でじっとこちらを見上げていた。

俺は気付かないふりをしてそっぽを向くので精いっぱいだった。そんな目で見つめられれば、衝動のままにキスしたくなるとわかっていたからだ。

俺だって多少は酔っている。自分が信用できなかったし、抑える自信もない。

そんな俺の葛藤をよそに、車内には静かな時が流れる。

そんな静寂を破ったのは早瀬の方だった。突然、俺の手を握ってきたのだ。

「どうした、早瀬君？」

「これは……もしかしてホクロですか？」

手を握ったまま、ずいと顔を近付け、体重をかけながら迫《せま》ってくる。

「課長って誕生日いつですか？　なんとか言って下さい、課長！」

矢継ぎ早に誕生日と血液型を聞かれ、俺は戸惑うことしかできない。

酔った勢いとはいえ、まさか早瀬に押し倒されるとは思わなかった。花のような甘い香りが鼻腔《びこう》をくすぐり、理性を飛ばしてしまえと誘惑してくる。

運転手の目が気になり、俺は慌てて上半身を反《そ》らした。

「た、確かにA型だが、俺に乗っかるな、車内なんだからおとなしくしてくれ――」

頼むから、これ以上は近付かないでくれ。

ぐいと肩を押すと、思った以上に力が入ってしまい、ゴン、と鈍い音が響いた。

「ふふ、ふふふっ」

「すまない、頭は大丈夫か？」

「島崎課長、私なんだか楽しくなってきました」

「飲み過ぎだぞ、早瀬君……」

「だってやっと見つけたんです……これで安心して眠れそうです」

そう言い、座り直した早瀬は、何度か頭の位置を変えて、丁度いい角度を見つけると目を閉じた。

しばらくすると規則正しい寝息が聞こえてくる。

今のは一体何だったんだ？

掴《つか》まれたワイシャツの皺《しわ》を冷静に伸ばし、ネクタイも正して座り直した。しかし頭の中では、激しく疑問が渦巻いていた。

「お客さん、到着しました」

十分後、タクシーは住宅街の中にある白壁の家の前に止まった。

「早瀬君、家に着いたぞ？」

肩をゆすって起こすが、寝ぼけているのかわずかに首を振るだけだった。

「んー……着いたって課長の家ですか？　眠いのに起こさないでください」

俺の家ならどんなに良かったことか。

「君の家だ。起きなさい」

再び寝ようとする早瀬の腕を掴み、強制的に車から引きずり下ろす。

「さあ、鍵を出しなさい」

探しやすいように目の前に鞄《かばん》を持ち上げて見せると、早瀬は中から猫のキーホルダーの付いた鍵を取り出して玄関の扉を開けた。

「大丈夫か？　ちゃんと布団で寝るんだぞ。おやすみ」

「はいー。島崎課長もおやすみなさいー」

俺は早瀬が家の中に入るのを見届けてからタクシーに戻った。

次の目的地である自分の家の住所を伝え、シートに身体を預ける。

「ふう……」

どっと疲れが出た。眼鏡を外し、鼻根を揉む。

目を閉じると、眼前に迫《せま》る早瀬の顔が蘇った。先ほどの積極的な早瀬は一体何だったのだろう。

彼女は急に俺の手を握り、顔を近付けてきた。まさか、酔うと男に積極的になるわけじゃないよな？　一抹の不安が過《よぎ》り、振り払うように頭を振った。

そういえば、何か言っていたな……誕生日と血液型？

――ちょっと待てよ。

この前香川は何と言っていた？　早瀬が魔女で、使い魔にする男を探しているというようなことを言っていなかったか？

あの時、香川は笑いながら何を言っていたんだ？　真面目に聞いてなかった自分を悔やんだ。

早瀬はやっと見つけたと呟《つぶや》いていた。

何を？　使い魔を？

――その使い魔が俺なのか!?

「いや、魔女って……ファンタジーじゃあるまいし」

思わず呟くと、運転手がルームミラー越しに俺を見ていた。

「使い魔って、なんだよ……」

俺は人として見てもらえていないのか？　怖い人の次は使い魔？

一体、いつになったら、俺を男として見てくれるんだ？

……前途多難だ。


頭がズキズキと痛む。あれからずっと早瀬のことが頭から離れない。もしかしなくても、俺は早瀬にとって人間以下の存在なのか――そればかりが頭の中をぐるぐると駆け巡っていた。

休日を挟んでの月曜日、いつもより早く出社してきた早瀬は、タクシーでの一件を詫《わ》びたあと、車内と同じように俺の右手にあったホクロに驚愕し、逃げた。

戻ってきてからもチラチラと俺の様子をうかがっている。

その顔にいつもの怯《おび》えは見えない。かといって何を考えているのかもわからない。

今までと違う早瀬の様子に、俺は首を捻《ひね》るばかりだった。

そんな中、チャンスはふとしたきっかけで訪れる。

週に一度の早朝会議を終え、営業部のフロアに戻る途中でのことだった。

会議で早瀬の考えた新商品の概要が企画部から提出され、飯田部長の発案でその新商品の売り込みを、二課では早瀬を含めた精鋭メンバーで行うことで承認されたのだ。

「早瀬君は木下君とコンビを組ませたらどうかね？　席も隣同士だろう」

「いえ、彼女は……私が直接指導します」

「君が？　課長でもある君がかね？」

飯田部長は少し驚いた様子で眉を上げ、横を歩く俺を見た。

その計画が、のちのちの営業部にどのような影響を及ぼすかを考えている表情だ。

それもそうだろう。課長の俺が、早瀬のような営業初心者に付きっきりになることはまずない。部下と外出することはあっても、定期的な挨拶《あいさつ》回りや契約締結時に同行する程度だからだ。

だが――俺はひとつひとつ、言葉を選びながら続ける。

「……はい。実はホーリーマーケティングの懇意にしている担当の方と、キャラクターを扱ったコラボ商品の案が出ていまして」

飯田部長からの視線を避けるように前を向き、眼鏡を押し上げる。

「なるほど！　そこに新商品を？」

「ええ。彼女にはコラボ商品の企画、考案から携《たずさ》わってもらおうかと考えています」

「それはいい！　早瀬君にとってもいい経験になるだろう」

「そう、ですね……」

自分でもわかっている。この提案に少し——いや、かなり邪念があることくらい。

「しかし君はいつも忙しそうだが、大丈夫かね？」

にやりと笑ってしまいそうになるのを堪《こら》え、淡々と聞こえるように断言した。

「問題ありません」

「ならば君に任せよう。頼んだよ」

「はい。ありがとうございます」

公私混同？　上等だ。仲良くなるチャンスくらい自分で作ってやる！

これくらいで俺が諦めると思うなよ。怯《おび》えられようとも、人間以下に思われようとも構いやしない。

俺に対する誤解を解《と》いて、デキる男をアピールしよう。

嘆《なげ》く前に、一人の男として見てもらえるように努力すればいいだけだ。そのうち早瀬の考えも変わるかもしれない。いや、そうさせてみせる。

決意を込めて、拳をぎゅっと握った。

「こ、これは！　ヘタレ猫の携帯ストラップ!?」

フロアの入り口に差しかかると、早瀬の嬉しそうな声が耳に届いた。

どうやら木下に何かを貰ったようで、目を輝かせながらお礼を言っている。

つい気になって見てしまうと、俺の視線に気付いた早瀬が慌てた様子で立ち上がり、急いで目を逸《そ》らす。

「朝礼はじめまーす」

同時に、朝礼当番の小林の声が響き、全員が立ち上がった。

早瀬は前髪を直すような素振りをしながら口元を引き結ぶ。しかしすぐにふにゃりと頬を緩《ゆる》ませた。デスクの上に置いてある、もらったばかりの何かをちらちらと横目に見ながらにまにまと嬉しそうにしている。

それはどこにでもありそうなキャラクターもののストラップだった。

早瀬はそれを貰ったから嬉しいのか？　それとも木下に貰ったからか？

だいたい木下に至っては、早瀬のことを馴れ馴れしく下の名前で呼んでいる。

――あの女たらしめ、早瀬に手を出してみろ。俺の持てる権限をすべて使って工場勤務にしてやるからな！

表情には出さず、心の中で闘志を燃やしながら、朝礼で発言する部長の話に耳を傾《かたむ》けていた。

めらめらと燃える私怨は、木下が外出していてもなかなか消えなかった。

怒りに任せて大股で廊下を歩いていると、ふと給湯室から早瀬の焦ったような声が聞こえてくる。気になって覗《のぞ》いてみると、彼女はスカートを掴《つか》みながら何かを探していた。

「どうした？」

声をかけると、早瀬は驚いて振り返る。

「ちょっとお湯を零《こぼ》しまして。でもすぐに片付けますので……」

零した？　見ると、彼女の手が赤くなっていた。

考えるより先に身体が動く。

「ひっ、ごめんなさ――」

「さっさと冷やしなさい！」

早瀬の手を掴み、急いで流水をかけた。

火傷《やけど》は迅速な処置が大切だ。応急手当の良し悪しで跡が残ることもあるというのに、早瀬は呑気にもふきんを探していたらしい。

しばらく冷たい水にさらし、手の様子を見てみる。赤くなってはいるが、思ったよりひどくなさそうだ。

ほっと息を吐き、濡れたスカートにも視線を移す。

「足は大丈夫か？　そっちもきっと火傷しているだろう。脱いで見せてみなさい」

いくら服の上からでも、熱湯がしみれば火傷する。手と違い、太ももは柔らかく皮膚もその分薄い。

だが、早瀬はもじもじと視線を泳がせるだけだった。

「えっと、ここじゃちょっと脱げないので……」

何故脱げない？　そう口に出そうとしてはっとする。

スカートを脱げ、だなんて、これじゃただのエロオヤジじゃないか。俺としたことが！

「いや、すまない。そういう意味じゃ――今のは忘れてくれ。小林君か、誰か女性を呼んで来よう」

「あの、一人で大丈夫です。更衣室で予備のスーツに着替えてきます」

早瀬は冷静な声で言って、俺から自分の手へと視線を移した。

それに応えるように力を抜くと、彼女はするりと手を抜いた。ハンカチで軽く拭《ふ》きながらぺこりと頭を下げ、小走りで去っていった。

「……何をやっているんだ、俺は」

慌てていたとはいえ一歩間違えれば、いや今のは確実にセクハラ発言だ。人事部に訴えられてもおかしくない。

自分の濡れた手をじっと見つめる。まくり忘れた袖口《そでぐち》が濡れ、じっとりと湿って不快だった。

スカートが破れていた時といい、俺は早瀬に変態だと思われたかもしれない。

「何故、こうなる……」

俺はただ、早瀬の火傷《やけど》の度合いが心配だっただけだ。それが、焦りから余計なことまで言ってしまった。額を押さえて目を閉じ、自分の発言を悔やむ。

「わっ、島崎課長。どうしたんですか、零《こぼ》しちゃったんですか？」

どれくらい給湯室で突っ立っていたのかわからない。

小林に声をかけられ、はっと我に返った。彼女は俺の顔と濡れた袖口、水浸《びた》しになっているシンクや床をざっと見回すと、戸棚からふきんを取り出し、手際よく片付け始めた。

「お茶ですか？　今日は早瀬さんの当番のはずなのに、どこ行ったのかしら。まったくもう！」

「すまないが、片付けを頼めるか？」

「あ、はい。大丈夫ですけど……」

不思議そうに見つめられ、俺はその視線から逃げるように早足でフロアに戻った。

4

変化が訪れたのは突然だった。

早瀬と初めての外出の日、車を走らせながら何気なく質問をすると、早瀬はくすくすと笑いながら、俺を鬼の首領だと言った。その内容はともかく、会話を続けるきっかけになった。

「早瀬君は、思ったことをそのまま口にしてしまうようだな」

そう言うと、はっとして謝る。その姿までもがかわいく思えてしまう。

早瀬が笑った。それだけでもこの関係が一歩前に進んだ気がしてならない。

にやついてしまいそうなのを必死で抑え込み、運転に集中する。その間も、彼女がちらちらと俺を盗み見ていたことには気付いていた。

彼女の中でどんな心境の変化があったのかわからないが、普通の会話をすることができた。

ハンドルを右に切ると、助手席側からゴンという音が聞こえた。そこまでスピードを出していたつもりはなかったが、遠心力がそうさせたらしい。

いい音がしたにもかかわらず無反応だったことが気になり、ちらりと横を見ると、早瀬は頭を窓に打ち付けたまま気持ち良さそうに眠っていた。

「……これでよく眠れるな」

緊張の糸が切れたのだろうか、今までの彼女からは考えられないくらい、安心しきった寝顔だ。

沈み始めた夕日が車内に差し込み、早瀬の顔を煌々《こうこう》と照らしている。さすがに眩しそうで、信号で止まったタイミングで助手席のサンバイザーを下ろした。

早瀬は名刺交換も商品説明も、初日にしては申し分のない出来だった。コーヒーをかけられるというアクシデントはあったが、それも笑顔でやり過ごした。

相手が誰であっても全力投球で、これでもかというくらいの一生懸命さがにじみ出ていて、そんな早瀬を気に入ってくれた数社からはすでに前向きな返事があった。

俺の前ではびくびくおどおどしている印象しかなかったが、天性の人懐っこさや自然と零《こぼ》れる笑顔で相手を虜《とりこ》にしながら、活き活きと商品の説明をしていた。

その反動が今になって表れたのだ。

「お疲れ様。君は思った以上によくやってくれた」

早瀬はリラックスした様子で気持ち良さそうに眠っている。

行きの車中ではガチガチに緊張していて、車に乗ることさえためらっていたのに、なんだこの変わりようは。

「本当に、驚かされることばかりだ」

聞こえていないことを承知で呟《つぶや》き、揺れを最小限に抑えるためにスピードを落とした。

隣の眠り姫の無防備な寝顔を見るだけで、自然と口元が緩《ゆる》んでしまう。

誤解を解《と》いて仲良くなろうと意気込んだのが数週間前。普通に話せるようになるまでに、かなりの時間を一緒に過ごさなければならないと覚悟していたが……

自分でも今日一日で、思っていた以上の成果を上げられたと感じている。

早瀬の俺に対する苦手意識は昔のトラウマが原因で、俺自身には何の問題もないことが新たにわかった。それだけでもずいぶんな進歩だ。

行きの車中で鬼の首領と言われた時は、怒るというよりおかしかった。

いい印象は持たれていないと思っていたが……

「よりによって、鬼か」

思っていたことを正直に話してしまい、慌てる早瀬を思い出し、くっくっと静かに笑う。

彼女からしたら大変な一日だったかもしれないが、俺は久しぶりに楽しい時間を過ごすことができた。

いつもの道は、何故か今日は空《す》いていて、思った以上に早く会社に着いてしまった。

朝止めていた場所にバックで駐車しエンジンを切る。動きを止めると、衣擦《きぬず》れの音さえしない静寂が車内におとずれた。

さて、どうしようか——

腕を組み、隣を見る。早瀬は寝る前に読んでいたファイルを膝に置いたまま熟睡していた。

顔にかかっていたひと房の髪を、自然と伸びた手が払う。

「んー……」

途端、早瀬は眉間《みけん》に皺《しわ》を寄せて頭を振った。そのまま起きるかと思ったが、早瀬は顔の向きを変えただけだった。

「早瀬君、起きなさい」

自分のシートベルトを外しながら早瀬の肩を軽く叩く。けれど、目を覚ます気配さえ見せない。規則正しく上下する胸はその眠りの深さを物語っているようで、半開きの唇は……まるで誘っているようにも見える。

「早瀬……」

引き寄せられるように、ゆっくりと顔を寄せた。

フローラルな香りがふわりと鼻腔《びこう》をくすぐる。すれ違った時に香る甘い匂い。香水かシャンプーだろう。

顔の向きが変わったせいで、先ほどよりもキスがしやすくなった。あとは、ほんの少し顎《あご》を持ち上げれば――

〝お前、見かけによらずむっつりなんだな〟

香川の笑い声が脳内に響き、伸ばした腕がぴたりと止まる。はっと我に返り、早瀬から急いで身体を離した。

「何をしようとしたんだ、俺は……」

危なく本物のセクハラオヤジになるところだった。

早瀬の顔から目を逸《そ》らし、眼鏡を押し上げる。

彼女を見ていると、たまに自分が自分ではなくなる。

「……重症だ」

深呼吸を繰り返し、やましい感情を封印することに努《つと》める。これ以上何かをしでかす前に早瀬の肩を大きく揺らした。

「早瀬君、起きなさい。早瀬君！」

「うわっ、はい！」

「会社に着いたぞ」

「はい、お帰りなさい！　って、あれ？」

きょろきょろと周囲を見回し、自分が車の中にいることに気付くと、早瀬はしまったという表情になった。

俺への誤解が解《と》けたのか、昔のトラウマを克服したのか、あの一件以来、早瀬は俺に笑いかけてくれるようになった。

二人きりの車中ではプライベートな話も増え、彼女の色々な面を知ることができた。

猫が好きでグッズの収集癖があったり、甘いものをデスクの引き出しに隠し持っていたり、といったことまで教えてくれる。

緊張すると手と足が一緒に出てしまうのは、自分ではどうにもできないとのことだった。

それを聞いて、必死に笑いを堪《こら》えていると、早瀬は頬を膨らませて怒り出した。本人も気にしていたらしい。

それに――

「え、知らないんですか！　ヘタレ猫シリーズ。今すっごく人気なんですよ！　人気が出たのはテレビで五分アニメが始まってからなんですけど、私は発売当初から知ってて……今は色々な猫が出てるんです。でも私はやっぱり元祖シリーズの三毛猫がお気に入りです」

「そうか……」

「あ、でもアニメオリジナルのカラス天狗猫《てんぐねこ》もかわいいんですよ。カラスの嘴《くちばし》がついてて、もう鳥なんだか猫なんだかわからないですよね、アレ!」

「そうなのか?」

アレ、と言われても想像ができない。

「えー島崎課長、本当に知らないんですか? ちょっと待ってて下さい、今携帯で画像探しますから……あ、あったあった! これです!」

早瀬はスマホの画面をずいと差し出してきた。

「……すまない。運転中だから、止まった時でいいか?」

「あ、そうですよね。ごめんなさい」

それに、早瀬は興奮すると夢中になって話し出す癖があることがわかった。ちょっとした話題を投げると、途端に食いついてくる。必死に説明しようとする姿がなんともかわいいのだ。

今まで以上に早瀬に惹かれていく自分に気付いた。

毎日少しずつ、早瀬を知った。

これから少しずつ、俺を知ってほしい。

もっと早瀬のことを知りたい。話しかけてほしい。笑って欲しい。独占したいという気持ちが大きくなっていく。好きという感情が膨らんでいく。

今、俺の想いを伝えたら、早瀬はイエスと答えてくれるだろうか。

「――資料の紛失と御社での情報公開にはくれぐれもご注意ください」

「はい、わかりました」

早瀬が資料を受け取り、俺を見る。

胸ポケットに入れていたスマホが振動したのは、ホーリーマーケティングでの打ち合わせの最中《さなか》だった。

どうぞ、と堀井さんが目で合図を送ってくれたので、非礼を詫《わ》びて席を立つ。

応接室の外へ移動しながら携帯の画面を見ると、部下の矢野《やの》からだった。念のため周囲に誰もいないことを確認してから通話ボタンを押す。

「もしもし――」

『あ、島崎課長。今お時間よろしいですか？』

いいわけないだろう。そう思いながらも、嫌な予感がして続きを促《うなが》す。

『海老原と三ツ星商事に来ているのですが、ちょっと……いや、かなりやらかしまして』

「どういうことだ？」

そして、矢野から、新人の海老原が不手際で先方を怒らせたのだと簡単な説明を受けた。

「わかった。担当の方の名前と電話番号をメールで知らせてくれ。戻ったらお詫びの連絡をしておこう。で、海老原は？　……そうか、じゃあ矢野からフォローをしておいてくれ。そうだな、新人は誰しも通る道だとでも言っておけ」

矢野の、今日は飲みに誘います、という言葉を聞いて電話を切る。

「クソ……やってくれたな」

まだ学生気分の抜け切れていない海老原のことだ。大方、言葉遣いか態度が引き金にでもなったのだろう。

落ち込んでいるらしい海老原のフォローは矢野に任せるとして、明日からは彼を連れての三ツ星商事への訪問が確定となった。

部下の失態は上司の責任。それは十分理解しているし、頭を下げることも厭《いと》わない。が、このタイミングで、というのが気に入らない。

せっかく早瀬を独り占《じ》めできていたのに……それとも公私混同の代償がこれか？

応接室に戻り、堀井さんに今後のことを伝えると、快《こころよ》く承諾してくれた。

「ひとり？　え、私が一人で!?」

代わりに、早瀬の方が素《す》っ頓狂《とんきょう》な声を上げた。

「課長はもう一緒に来ないってことですか？　そんな、どうして……」

「一人でも問題ないだろう？」

「も、問題あるかもしれませんっ」

早瀬は上目づかいで無理だと訴えてくる。できることならそばにいて見守ってやりたいが、そうもいかない。心を鬼にして早瀬から視線を逸《そ》らす。

――クソっ！

俺が必要だと暗に言われたようで嬉しい反面、課長としての自分の立場が今は恨《うら》めしかった。

フロントガラスからは青い空が覗《のぞ》き、開けた窓からは乾いた風が入ってくる。梅雨入《つゆ》り前の貴重な晴れの日だった。

「あそこに君の好きな猫がいるぞ」

「……へ？」

信号での停車中に見つけた、アニメ『ヘタレ猫サードシーズン』の看板を指さしながら左を向くと、手帳を開いていた海老原と目が合った。

「……今のは気にするな」

あまりの天気の良さにぼうっとしていて、いつものように声をかけてしまったが、しばらく前から俺の車の助手席は早瀬ではなく海老原の定位置だ。

さすがにこれは恥ずかしい。

何事もなかったかのように前を見据え、無言で眼鏡を押し上げた。

早くしてくれ、と心の中で念じながら信号が変わるのをじりじりと待つ。海老原がヘタレ猫の看板に気付く前にこの場から去りたかったのだ。

「えっと……課長、もしかして怒ってます？」

「いや……ああ、そうだな」

その問いには答えず、俺は信号をじっと見つめる。

「今日で一週間だ。海老原が怒らせた荒井《あらい》さんも、そろそろ会ってくれるだろう。今度はちゃんと謝れよ。きちんと誠意を見せればわかってくれるから」

「は、はい！」

ここ数日の間、早瀬とはメールや電話でのやり取りだけになっている。

俺はと言うと、海老原を連れて三ツ星商事に出向き、直接会ってくれるまで頭を下げ続ける毎日だ。

午後は午後で、別の得意先の訪問を予定している。おかげで会社に戻るのは定時過ぎが多く、早瀬とはまったくと言っていいほど会えていないのが現状だった。

もちろん美味《おい》しい日本酒を飲みに行く約束だって果たせていない。時間があけばあくほど、社交辞令だと思われてしまうだろう。

近況を聞きたいという名目で誘ってみるか。

彼女の今後の予定を確認して、空《あ》いていそうな日を調べよう。早瀬に会いたい……その気持ちばかりがどんどん大きくなっていく。

そうこうしているうちに信号が変わった。俺は海老原の勘違いを最大限に利用してこの場から離れた。

その日は思った通り、海老原が粗相をした三ツ星商事の荒井さんと対面することができた。一歩前に進むことができたが、まだまだやらなければならないことはたくさん残っている。

仕事を終え、会社の駐車場に車を止めた頃、空にはとっくに星が出ていた。

車を降りて背筋を伸ばすと、腰や肩の骨がパキパキと鳴る。これから戻って残りの仕事を片付けなければならない。デスクの上に溜まっているであろう書類のことを考え、ため息を吐いた。

そんな沈んだ気分が一気に向上したのは、営業部のフロアに戻った時だった。

もう誰もいないと思っていたフロアにはまだ電気が点《つ》いていて、早瀬が俺の椅子《いす》に座ってくるくると回転していたのだ。

今日の報告はメールで受けている。こんな時間にまだ会社にいるなんて、と訝《いぶか》しむ。

もしかして俺を待っていた？　都合のいい解釈をしてしまい、それはないと心の中で打ち消した。

「あ、島崎課長！」

声をかける前に早瀬が俺に気付き、嬉しそうにぱたぱたと駆け寄ってきた。本当に俺を待っていたのだろうか。

「どうした？」

「いえ、あの、お帰りなさい」

「ああ、ただいま。まだ帰っていなかったのか？」

「えっと、まだ仕事が残ってて。でももう帰るところです」

「……そうか」

それはないと否定しながらも、どこか期待していた俺はがっかりしながらネクタイを緩《ゆる》めた。

けれど、帰ると言った早瀬は俺のためにわざわざコーヒーを淹《い》れてくれて、自分のおやつでもあるチョコレートまで分けてくれた。名残惜《なごり》しそうに帰って行ったように見えたのは、俺の気のせいだろうか。

そう思いながら貰ったチョコレートを口に放り込む。噛み砕くと甘さが口いっぱいに広がった。

〝チョコレートは疲れてる時にいいんですよ〟

背もたれに身体を預け目を閉じると、ふわりと微笑《ほほえ》む早瀬の顔が目に浮かぶ。

これは俺に対する好意か？　それともただの親切心なのだろうか。いや、親切心ならここまでしないだろう。

「……さて、やるか」

淡い期待と共にチョコレートをもう一個口に入れる。早瀬に貰ったチョコレートというだけで本当に疲れが吹っ飛んだような気がした。


三ツ星商事の件が片付いたのは、七月に入ってすぐの頃だった。

「島崎課長、ほんっとうにありがとうございました！」

「言っておくが、これで終わりじゃない。報告書は一人で仕上げるように」

「はい！」

元気のいい返事と同時にエレベーターの扉が開く。

すると、目の前に手を振り上げる早瀬と、肩をすくめる小林の姿が飛び込んできた。

反射的に飛び出して、すんでのところで早瀬の手を止める。

「何をしている？」

怒り、困惑——そして恐怖の色に変わっていく早瀬の顔を、俺はじっと見ていた。

「こんなところで、何をしているんだ？」

思わず聞いてしまったが、さすがにこの場で喧嘩《けんか》の理由なんて言えないだろう。

話題を変えるため、俺は小林に向き直った。

「小林君は、今日は高田商事に行く日か？」

「はい、そうです」

「ならば早く行きなさい。海老原は戻って報告書」

「は、はい！」

小林と海老原が去り、二人きりになる。

「早瀬君は第一会議室で待っていなさい」

返事はなかった。

押し黙る早瀬をその場に残してフロアに戻り、スーツの上着を丁寧にハンガーにかけてパソコンの電源を入れた。

時計を見てちょうど五分後、早瀬の待つ会議室へ向かう。

彼女を落ち着かせて二人きりになれば、何でも話してくれると思っていた。いつものように。

けれど――

「たいしたことじゃないです」

「俺にも言えないことか？」

薄暗い会議室。隣に座り、俯《うつむ》く早瀬の顔を覗《のぞ》き込むように尋ねる。意地が悪いかもしれないが、こう切り返せば話してくれると思っていたのだ。

「島崎課長には関係のない……プライベートなことです」

けれど、予想と違い、早瀬の口から出たのは拒絶の言葉だった。

俺は一瞬で現実に戻ったような気がした。夢から覚めた思いで早瀬を見つめる。

俺は早瀬の何を知って、親しくなったと思っていたのだろうか。

一緒に外出したから？　車の中で楽しそうに話をしたから？

それとも、俺のためにコーヒーを淹《い》れて、チョコレートまでくれたからだろうか？

心はこんなにも離れている――最初からこの距離は変わっていなかったのだ。

近付いたと思ったのはすべて俺の勘違いだった。

会議室を出ると、俺は営業部のフロアに戻らず中庭へと向かった。

高い壁に囲まれた一角から見上げる空は狭く、とても閉鎖的だった。

「へえ、珍しいな」

その声に振り向くと、香川が缶コーヒーを振りながら近付いてくる。

裏庭の外れにある喫煙スペースは会社の敷地内に唯一存在する、喫煙者にとっての憩《いこ》いの場だ。

室内にあったそれは近年の健康志向により、今や中庭に隣接する倉庫の裏に追いやられていた。

「……最近、色々あってな」

煙を空に向けて吐きながら呟《つぶや》いた。

海老原がクレームを受け、それにつきっきりになった辺りから煙草を吸い始めていたが、社内で吸うのは久し振りだった。

「入社当時と変わってないな。そうやってストレス溜まると煙草に走るの、よくねえぞ」

そういう香川は、笑いながらもポケットから煙草を出して火を点《つ》ける。

青い空に二筋《ふたすじ》の白い煙が立ち上った。

「そういや昼ごろ早瀬さんが商品管理部に来てたけど、探し物はちゃんと見つかったのか？」

「探し物？」

思わず香川の顔をまじまじと見てしまう。

「ああ、えっとファイル？　青木さんに知らないかって聞いてたぞ。失くしたみたいでずいぶん焦ってたけど……報告受けてないのか？」

「……まだだ。さっきまで外出していて、戻ったばかりなんだ」

咄嗟《とっさ》に嘘を吐いた。

「――あとで確認してみよう」

なるほど、早瀬と小林の喧嘩《けんか》の原因はきっとそれだろう。

しかし、もしそれが原因だとしたら、俺に話してくれてもよかったじゃないか。

俺はそんなに頼りないのか、それとも怒られるとでも思ったのか？

疑問が浮かんでは消えていく。

黙っていると、香川が思い出したように口を開いた。

「……島崎も気付いてると思うけどさ、早瀬さんって一生懸命になりすぎると、自分でもオーバーワークに気付かない時があるんだよ。去年の秋口に納品が重なって残業続きになった時なんて、自分が三十八度の熱があることにも気付いてなくて、あん時は驚いたなあ」

「そうか」

何が言いたいのか、香川は突然昔話を始めた。

「早瀬さんってちょっと抜けてるところがあるんだ。見た目は大丈夫そうだから色々頼んでると、実はそうじゃなかったっていうか。いきなりやらかしたりする」

缶コーヒーを開けながら香川が続ける。

「頼んだことをさ、いつも笑って引き受けてくれるから、そういう変化がわかりにくいんだよ。今回のこともそれが原因かも、な」

香川は何か言いたげにちらりと俺を見た。

〝だから、気を付けて見といてやれよ〟

顔にそう書いてあった。

「わかってるよ」

そんなこと、言われなくても。

他部署の香川に指摘されたくなかった。それがたとえ早瀬にとって前の部署の先輩にあたる奴からだとしても。

俺の知らない早瀬の話をされたことにも嫉妬心を覚えたが、それ以前に、早瀬の今の状況に気付けなかった俺自身にも腹が立っていた。

力任せに灰皿に押し付けて煙草の火を消す。

「じゃあ、俺は戻るよ」

香川は返事の代わりにひらひらと手を振った。

……早瀬の担当配分を減らすか。

その日のうちに木下に打診して、彼女が受け持っていたホーリーマーケティング以外の担当を変更した。

午後七時過ぎになると全員が退社してフロアには俺一人になっていた。静かな空間で集中していると、遠くから足音が聞こえる。

「た、ただいま戻りました」

「お帰り、お疲れ様」

小林だった。直帰の連絡がなかったから戻ってくるだろうと思っていた。彼女はホワイトボードの前に立ち、外出の表示を消すと、そそくさと自分の席に座った。報告書を仕上げて帰るつもりだろう、フロアにはマウスのクリック音とキーボードを打つ音だけが響いていた。

「あの、課長……」

そして十五分後、小林が申し訳なさそうに席を立つ。

「今日は、すみませんでした」

「ああ……何か問題でもあったのか?」

その問いに小林は首を傾《かし》げた。

「あの、早瀬さんは何て言ったんですか?」

「何も答えなかった」

「そう、ですか……」

再び沈黙が流れる。小林から聞き出すことを諦めていたが、彼女は意を決したように口を開いた。

「実は、早瀬さんが会議室に忘れて行った資料のファイルを、私が見つけたんです。ノートにシールが貼ってあったからすぐ早瀬さんのだって気付いて……」

小林は手をもじもじと交差させながら話し始めた。

「でも早瀬さん、資料が手元にないって全然気付かなくて。いつもボケっとしてて、頼りないし、何でこんな子が新商品の売り込みなんていう大仕事を任されたのかも疑問だったし、ミスばっかりで仕事できないくせに部長にお饅頭《まんじゅう》をあげたりして……偉《えら》い人にばかりいい顔して気に入られてて――」

そこで言い過ぎたと気付いたのか、小林は口元を押さえると、顔を赤くしてすみません、と小さな声で呟《つぶや》いた。

「……だから、資料をすぐ渡さなかったんです。そしたら、私がわざと隠したってエレベーターホールで……」

そこに俺が止めに入ったということか。

目が合うと、小林は恥ずかしそうに俯《うつむ》いた。

「すぐ渡さなかった私が悪いのはわかります。でも、早瀬さんにはもうちょっと危機感をもって欲しいと思って。社内だったから良かったものの、もし大事な資料を電車とか喫茶店に忘れたら大変だから、ちょっと痛い目みれば……その、少しはしっかりしてくれるんじゃないかと……」

小林の声はどんどん小さくなり、最後は聞き取りづらかった。

「……そうか」

要するに、小林は早瀬のことが羨《うらや》ましかったのだろう。

小林から見れば、早瀬は要領のいい人間に見えるのだ。何の苦労もせずに部長に気に入られ、大役を仰せつかった、と。

早瀬は早瀬なりに、少しずつではあるががんばっている。何の努力もしないで手に入れたものではない。

しかし、小林もそれはわかっているだろうし、彼女に必要な言葉はそれではない。

「小林君の気持ちはわかった。君は何でも一人でこなせるし器用だ。他人を羨《うらや》む気持ちを他の方向に向けなさい。君は、早瀬君が持っていないものを持っているんだから、それを誇りに思うべきだ。これからも頼りにしている」

「は、はい！　あの、色々とお騒がせしてすみませんでした」

「いや、こちらこそ話してくれてありがとう」

胸のつかえが取れたのか、小林は眉根を寄せながらも、どこかすっきりしたような顔で微笑《ほほえ》んだ。

「早瀬さん、私の妹に似てるんです。妹は、馬鹿なくせに要領だけはいいから両親に甘やかされて育って、何の苦労もしないで遊びに行くように大学に通ってるんです。私は必死で勉強してたのに。本当、やんなっちゃう。早瀬さんがそんな妹と重なって、ついキツくなってしまって……それに」

小林は言葉を切ると、俺の顔をちらりと見てため息を吐いた。

「あとから来たくせに、私の好きだった人の心を奪っちゃうから……」

「そんなこともあったのか？」

思わず反応してしまうと、小林は何がおかしいのかくすくすと笑いを漏《も》らした。

「はい、たぶん私しか気付いてないと思いますけどね。はい、これ今日の分の報告書です。それではお疲れ様でした」

プリントしたての報告書を俺に手渡すと、小林はぺこりと頭を下げて帰っていった。

小林の残した言葉が気になってしまい、仕事どころではなくなったのは、言うまでもない。

翌日、担当替えを早瀬に伝えると、彼女は予想外にも仕事が減ったことに落胆していた。

何を考えているのか、ぼうっとすることも増えたような気がするが、数時間後にはその決定も受け入れ、ホーリーマーケティングの案件だけに集中し始めた。

数日後のホーリーマーケティング訪問時、突然の時間変更で同席できなくなっても、彼女は不安な様子も見せずに外出して行った。

あれだけ一人では無理だと嘆いていた頃が懐かしく思え、同時に彼女の成長が垣間見えて嬉しさが込み上げてくる。

「それじゃ、お疲れ様でした島崎課長」

「ああ、お疲れ様」

矢野に声をかけられ時計を見ると、いつの間にか午後九時を回っていた。

気付けばフロアには、今日も俺一人だ。誰もいないのをいいことに椅子《いす》の上でぐっと背伸びをすると、引き出しを開け、早瀬に貰った最後の一個のチョコレートを口に放り込む。

「……今日はもう少ししたら帰るか」

そんな時だった。

「し、島崎課長！」

ばたばたと足音が聞こえたと思ったら、息を切らせた早瀬がフロアに入ってきて、叫ぶように俺の名前を呼んだ。

「早瀬君？　直帰したんじゃないのか。走って来たのか？　なんだ、どうした？」

何があったのか、彼女は肩で大きく息をしながら、神妙《しんみょう》な面持《おもも》ちで俺を見つめている。

そして、大きく息を吸って吐くと、俺の前に立った。

「島崎課長、突然ですが、私と結婚を前提にお付き合いして頂けますか？」

「――は？」

俺の耳はとうとうおかしくなってしまったのだろうか。

状況に対応できず固まっていると、早瀬は少し困った表情を見せ、すぐにはっとして言い直した。

「課長、私と結婚してください！」

開いた口が塞《ふさ》がらないとはこのことだろう。まさか、女性からプロポーズを受けるとは思わなかった。

いや、問題はそこではない。

確かに、以前と比べれば、彼女との関係は格段に向上していた。誤解はすべて払拭《ふっしょく》され、最近は俺に対する好意のようなものも感じ始めていたくらいだ。

これから時間をかけて親交を深め、いずれは……と思っていた矢先の、突然のプロポーズ。意味がわからず言葉を失ってしまう。

「すみません、あの……なんて言えばいいか。こういうのって初めてなので……えっとえっと」

「落ち着きなさい、早瀬君」

いや、落ち着くのは俺の方だ。

早瀬にプロポーズされた。この俺が、早瀬に、プロポーズをされたのだ！

色々と順番が抜けてはいるが、戸惑いよりも嬉しさの方が大きくなっていく。

けれど、話を聞いているうちにむくむくと疑問が膨らむ。

早瀬は、占いの結果、俺と堀井さんが自分の運命の人だと言った。

それが、俺には早瀬自身の意志がないように聞こえた。

俺が好きでプロポーズしているわけではないのだと――

「そこに、早瀬君の感情はないのか？」

「感情？　えっと、どういうことですか？」

その答えに不安が的中する。俺はゆっくりと、静かな声で言った。

「占いで、俺か堀井さんに絞られて、それで君は、俺を選んだってことか？」

「そうです！」

何が嬉しいのか、早瀬は力強くうなずいた。

「人を馬鹿にするのもいい加減にしなさい」

全身が熱くなる。ぎゅっと拳を握り、自分を落ち着かせるようにゆっくりと息を吐く。

叫びたいのを抑えながら早瀬の顔を見つめる。勘違いであってほしいと願いながら。

「君は占いで言われたから俺を選んだのか？　もし占いで、木下と言われたら君は木下を選ぶのか？」

早瀬は困惑しながらも、俺の質問に答えた。

「運命の人と会うのが遅れると、その人は他の人と結婚しちゃって、取り返すのが難しいって聞きました」

それは、俺ではなく木下が運命の人であっても、たとえ相手が結婚していても、構わないということなのだろう。

そこに愛がないと知って悲しくなった。

今までの俺は何だったんだ？　早瀬と仲良くなろうと努力してきた日々は報われていなかったのか？

「勘弁してくれ。運命だの占いだの、くだらない」

「で、でも……」

「話はそれだけか？」

返事も待たず、戸惑う早瀬に背を向けてデスクのパソコンを閉じる。

俺に対して、少しでも興味を持ってくれたのは好意じゃなかったのか？　占いの結果がそうさせただけなのか？

今までのことも、すべて……

やりきれない思いを抱えたまま、俺は早瀬を置いて会社をあとにした。

翌日、早朝会議を終えてフロアに戻ると、早瀬から体調不良の電話があったと聞いた。

まあ、そうなるだろうとは予測していたが……

やはり昨日は逃げるべきではなかった。どうしてあんな結論に至ったのかを早瀬にきちんと聞くべきだったのだ。怒りに任せて会社を出たことを後悔した。

そのことは外出してからも変わらず頭から離れなかった。

そんな俺の心を感じ取ったのか、晴れていた空が突然暗くなり、何の前触れもなく大雨に変わる。視界がぼやけ、いくらワイパーを高速にしても車間距離がわかりづらいほどだ。

ため息を吐き、ふと、歩道に目を向けた。

「早瀬？」

なぜそう思ったのかはわからない。

俺は確認もせずに道の端に車を止めると、大雨の中に飛び出した。

この世の終わりのような表情でどこかをじっと見つめながら立ち尽くす早瀬は、全身ずぶ濡れだった。

「こんなところで何をしているんだ？」

「島崎、課長……」

泣いていたのだろうか、濡れる瞳で見つめてくる早瀬を放っておくことなどできなかった。運命とか占いとか、そんなのはどうでもいい。考えるより先に身体が動いていた。

彼女の腕を掴《つか》み車に向かう。何が何でもこの手はもう離さない、そう思いながら。

5

雨粒が窓を叩く音がする。それを聞きながらゆっくりと目を開いた。

カーテンから漏《も》れる薄明かりの中で隣を見ると、香織が俺の腕の中ですやすやと寝ている。お互い一糸まとわぬ姿だった。

そうか、昨日は会社帰りに食事に行って、そのまま……

あの衝撃的な告白から一ヶ月、香織は週末になるとこうして泊まりに来ている。

もちろん、家に来てすることと言えば、一つしかない。

彼女の吸い付くような肌、俺にしか見せない表情や甘く淫《みだ》らな声を思い返すだけで、嫌でも身体が反応してしまう。

あんなに愛し合ったのに、それでもまだ足りないらしい。我慢ができず眠る香織をそっと抱きしめた。

「……んー」

少し眉をひそめただけで起きる様子のない香織の額に口づけを落とし、髪をすくう。

それをくるくると指に巻き付け、指通りを楽しんだ。

覚えているだろうか……昨夜の香織はずいぶんと饒舌《じょうぜつ》だった。一生のお願い、と何度も繰り返しながら、ここに引っ越して同棲《どうせい》したいと言い出したのだ。

酔っぱらっていたから、きっと起きたら忘れているのだろう。けれど、いつかそうなればいいと俺も思う。

そうすれば、いつでもこうして抱き合って眠れるのだから。

香織の頬を撫《な》で、そっと唇を重ねる。初めはついばむように。そして次第《しだい》に深く、激しく。

「んんっ」

すると、息苦しさを感じたのか香織が薄く目を開けた。焦点の合わない顔で呆《ほう》けたように俺を見つめる。

「おはよう香織」

起こされたことが気に入らなかったのか、香織は嫌そうに目を擦《こす》った。

「……今、何時ですか？」

「六時を回ったところだ」

朝の、と付け加えると、香織は呻《うめ》きながら上掛けを顔まで引っ張ってしまう。

その姿がおかしくて、邪魔をするように腰に回していた腕をぎゅっと締め付けた。

「もうっ、昨日何時に寝たと思ってるんですか？」

「忘れた」

確か、深夜三時頃だったと思う。

「私、まだ眠いんですけど」

「なら寝ていてもかまわない」

体勢を変えて香織をベッドに押し付け、腕をやんわりと拘束する。

「……え？　ちょ――」

これだけで何をされるか理解したらしい香織が、文句を言うために口を開いた隙を狙い、深く舌を侵入させた。逃げようとする舌を絡め取り、最後にちゅっと下唇を吸う。

「浩輔さ、んむ――」

角度を変えて何度も何度も繰り返す。香織が文句を言うのも忘れるくらい、トロトロに溶かすつもりで。

「ふぁ、んっ」

しばらくすると、香織は目を閉じそれに応え始めた。俺の首に回された手がうなじをくすぐる。

「はぁ……浩輔さん」

「香織もキスが上手くなったな」

耳を甘噛みして、昨日の跡を辿《たど》るように首筋から胸元にかけてキスをする。

「きゃ、くすぐったい」

俺の前髪が肌を撫《な》でると、香織がもぞもぞと暴れ出した。

「こら、逃げるな」

「だって！」

くすくすと笑いながら身をよじる香織を押さえ込み、肩を強く吸った。服で隠れるだろう部分だけに俺の跡を色濃く残す。

点々と散る緋色の印が、彼女は俺のものだと主張しているように見え、じわじわと独占欲を満たしていった。

「どうしたんです？　なんだか嬉しそう」

「嬉しいよ、香織は俺の、俺だけのものだから」

胸元に顔を埋《うず》め、わざと息を漏《も》らすように呟《つぶや》いた。

「きゃ、あはっ」

くすぐったいとじたばたする香織の肌を滑り、手の平に収まるほどの膨らみを両手で揉みしだく。やわやわと形を変えながら、その柔らかさを存分に堪能した。

それから、先ほどのキスだけでぷっくりと膨らんだ先端をぺろりと舐める。

「あぅ、んっ」

香織の身体がぴくりと反応し頭を逸《そ》らす。無意識なのか、そわそわと内股を擦《こす》り合わせていた。

硬くなった先端には触れず、その周りに舌を這《は》わせる。

「あ、あのっ……」

「何？　触れて欲しいのか」

そう言うと、香織は涙目で俺を睨《にら》んだ。

「言いたいことがあるなら言いなさい」

にやりと笑うと、香織はきゅっと下唇を噛む。

そんな子供のような仕草がなんともかわいいのだ。やり過ぎてはいけないと思いつつ、いつもこうしていじめてしまう。

「触って……その、ちゃんと」

しばらく沈黙したのち、香織は囁《ささや》くように訴えた。

「ああ、香織の望むままに」

円を描くように舌を這わせ、焦らして焦らして、やっと先端を口に含んだ。飴を転がすように舌先で弄《もてあそ》び、もう片方は指の腹で撫で、優しく摘《つ》まむ。

「ああっ、んっ――」

歯を立てて甘噛みをすると、香織はぐっと腰を浮かせた。

「香織はこれが好きだな」

「そんなこと……あ、い、いやっ」

嫌だと言いながら、誘うような声を出す。それが逆に俺を煽《あお》っていることに香織は気付いているのだろうか。

そろそろと下半身へ手を滑らせ、足を割り秘部を探ると、くちゅりと卑猥《ひわい》な水音が聞こえた。

「ひゃっ」

香織は、はっとしたような表情になり、両手で俺の身体を押し返しながら、逃げるように腰を沈ませた。

「やっぱり、もう終わりです！」

「どうして？」

「だって、もう朝だし」

ふいと顔を逸らし、恥ずかしそうに呟《つぶや》く。

「時間なんて関係ないだろう」

「か、関係あります！」

「でも俺は四六時中、香織が好きだよ」

彼女は目を見開くと、ぽっと頬を染めた。そんな仕草さえ愛おしい。

「突然言うのとか、ずるい……」

伏せ目がちに呟く香織の顎《あご》を持ち上げて口を塞《ふさ》ぎ、唇を軽く食《は》む。

「でも、このままじゃ終われないだろう？」

「え、あっ！」

香織がキスで呆《ほう》けている間に膝裏に手を入れ、ぐいと押し開いた。

「や、あ、待っ――」

前置きはせず、ひくひくと刺激を欲していた蕾《つぼみ》を唇で強く吸った。

「っん、だ、めっ」

舌先でコロコロと転がし、唇で軽くはさむ。

香織はその刺激から逃れようと腰を振っていたが、しばらくすると抵抗することを諦めたのか、身体から少しずつ力が抜けて行くのを感じた。

「は、あぁ……」

指で胸の頂きを刺激しながら、とめどなく溢《あふ》れ出す蜜を音を立てて舐め取る。

「感じてる香織もかわいいよ」

「は、恥ずかし……から、もう……」

頬を紅潮させ、潤んだ熱い目で俺を見つめる。

「もう？　挿《い》れてほしい？」

濡れて迎える準備を終えていた部分にゆっくり中指を侵入させていく。

「あ、やっ」

「嫌？　気持ちよくない？　やめてほしい？」

意地悪な質問をわざとぶつけ、ピタリと動きを止める。

香織は唇を噛みながら、ふるふると首を振った。そんな彼女に満足し、再び指を奥まで侵入させていく。

「ん、は、あっ」

最奥を撫《な》で、指を出し入れした。くちゅくちゅという甘く淫《みだ》らな音が俺を誘っているように聞こえる。

蜜が指に絡まるのを見ながら、ぐっと歯を食いしばる。まずは香織を気持ち良くさせてからだ。

「香織……」

二本目の指を入れ、ぞろりと中を撫でる。

「ん、んっ」

香織は目をきゅっと閉じ、手の甲を噛んだ。そうやって声を我慢しようとしている姿が堪《たま》らない。

甘い声を上げて身悶《みもだ》える姿も好きだが、こんな香織も俺の支配欲を煽《あお》るのだ。

「っあ、や、そこ――」

ある一点を執拗《しつよう》に攻めながら、香織の顔を覗《のぞ》き込み、耳朶《じだ》にキスを落とす。

「ここが、好きなんだろう？」

耳元で囁《ささや》くと、香織が雷に打たれたようにびくりと身体を揺らした。

「あ、やぁっ」

俺の指を咥《くわ》えた秘部がきゅっと締まる。

「いっちゃ……一人じゃやっ」

「俺のことは気にしなくていい」

閉じようとする足を押さえ、抽送《ちゅうそう》を早めた。

「ずるい……わ、私だけ、こ、すけさんも……」

目を潤ませ、シーツをきゅっと掴《つか》みながら、それでも俺のことを気にかけてくれる香織に胸が一杯になる。

そんな余裕なんか、ないくせに。

「俺はあとでいいから」

呟《つぶや》くと同時に香織の腰がびくんと跳ね上がる。俺の動きに合わせるように短い呼吸を繰り返す。

「ん、ああっ」

そして、つま先をピンと伸ばしながら、身体を硬くした。

ゆるゆると身体の力を抜き、香織が薄く目を開く。

「っはぁ、はぁ、はぁ……」

頬を紅潮させ、息も絶え絶えの香織の顔を覗《のぞ》き込んだ。

「感じてる姿も、惚れ惚れする」

香織の手に触れ、そこにちゅっと口づけた。

「もう、いじわるです！」

「はは、わかった。今日はもう意地悪はしない。だから俺のお願いを聞いて」

「……いいです、けど？」

何かを疑ってる目で、じっと見つめる。どんな無理難題を言うのかと思っているようだった。

「二人の時は敬語を止めてくれ」

そう言うと、香織はキョトンとしたあと、にっこり微笑《ほほえ》んだ。

「わかりました。あ、えっと……わかった」

「それから……」

香織の耳元にキスを落とし、ふっと息を吹きかけるように囁《ささや》く。

「俺はまだイってない」

「えっ」

「今度は香織が上に乗って、俺をイかせてくれ」

顔を覗き込むと、香織はおろおろと慌てふためいた。

「あ、あの……私が、上で？」

「できるだろう？」

顔を真っ赤にしながら焦る香織の手を引き、硬くなっている俺自身に誘導する。驚いて固まる香織に追い討ちをかけるように、避妊具の袋を手渡した。

「う……」

香織はそれを見つめ、視線をさ迷わせる。

「あの、え、どうやって……」

「いつも見ているだろう？　それを付けたら、香織の中に俺を挿れ――」

「い、い、言わないでください！」

「香織が聞いたから」

「だって、なんか、言葉にするとちょっと……」

恥ずかしそうにもじもじしながら起き上がると、俺の横にきちんと正座した。

香織の様子から緊張がうかがえる。彼女は受け取った避妊具を破ろうとするが、パッケージがうまく開けられないようだった。

「あ、あれ……おかしいな」

「貸して」

少しいじめすぎただろうか……笑いを噛み殺しながら半身を起こし、避妊具の袋を開けると、自分で装着する。

「さあおいで、香織」

「あ、えっと……失礼します」

香織は恐る恐るといった様子で俺の上に跨《また》がり、膝立ちになった。

俺の目の前にはお椀型の膨らみが揺れ、思わずチュッと口づける。

「ひゃあっ」

「香織のタイミングでいいよ。俺はこっちで楽しむから」

下から持ち上げるように胸を揉み、先端をきゅっと摘《つ》まむ。

「あっ、や、待って！」

「早くしないと待てなくなる」

「っあ——もう、そんなことされたらできないから！」

香織は耳まで真っ赤にして抗議の声を上げた。俺は両手を上げ降参のポーズをして、どさりとベッドに身体を投げ出す。

「……おとなしくしててね？」

目を細めてうなずくと、香織は疑いの目で俺を見つめる。

「う、動かないで、ね？」

そう言い、足の間に俺をあてがうと、香織はゆっくりと腰を沈めていった。

ほんのりと冷たい指先で触れられるだけでも興奮で爆発しそうだ。香織は予想以上に艶《なま》めかしく俺を誘惑してくる。

「っ、はぁ……」

狭く温かい中へと徐々に侵入していく。目を閉じれば、たちまちその快感に支配されてしまうだろう。

「ふぁ、ん……」

香織は苦しげに眉根を寄せ、煽《あお》るように甘い吐息を漏《も》らした。

そして、中腰《ちゅうごし》のまま半分ほどのところで止まった。

ただでさえ苦しいのに、ここで止まるなんて拷問だ……それとも先ほどの仕返しだろうか？

下から思い切り突き上げたい衝動を抑え、息を大きく吸って吐く。

「まだ、全部入っていないが……」

「わ、わかってる……けど、これだけで、もう……」

「気持ち良くて動けない？」

言いながら軽く腰を動かすと、香織は甘い悲鳴を上げた。

「もうっ、動かないでって言ったじゃない」

「手伝いが必要ならいつでも協力する」

俺のタイミングでできないことにもどかしさを感じながらも、初めて見る香織の表情や仕草が興奮を誘った。下から見上げる彼女は、艶《つや》めいていて色っぽい。

「い、いらない！」

じろりと睨《にら》まれるが、香織の潤んだ瞳には欲情しか映《うつ》っていない。それがいつも以上に俺を煽った。

「香織……」

ぐっと歯を食いしばり香織を見つめる。

――頼む、早く繋がりたいんだ。

けれど、俺の想いに気付くはずもない彼女は、恐る恐るといった様子でゆっくりと焦らすように腰を沈めていった。

俺はと言えば、どうにか涼しい顔をしてはいるが、実際のところ我慢の限界が近付いていた。

「はぁ……」

そしてようやくすべてが収まった。ほんの数分が何時間にも思えるほど焦《じ》らされた気がする。

「こ、浩輔さん、入った……けど」

「動いてみなさい」

「でも、は、恥ずかしい……」

「動いて」

はやる気持ちを抑えながらそう言ったものの、声にも焦《あせ》りがにじみ出ていた。これでは格好がつかない。心の中で舌打ちをしつつ、香織をじっと見つめる。

「う、うん……」

香織はそれに応えるように俺の腹部に手を置いて身体を支えると、ゆっくりと腰を動かし始めた。

「ん、はぁ……あぁ、っん、ん」

コツを掴《つか》んだのか、緩慢《かんまん》だった動きが次第《しだい》に早くなる。香織は快楽にすべてを投げ出すように目をつむり、声を漏らし始めた。

「今の香織、すごくそそられる」

「あ、んんっ」

大腿《だいたい》に触れ、滑らかな肌をくすぐるように辿《たど》る。やわやわとヒップを揉み、脇腹へと手を滑らせた。

「気持ちいい所を自分で探してる姿、最高だ」

「い、言わない、でっ」

頬を紅潮させ、香織は悔しそうに唇を噛んだ。けれど動きは止めない。次第に快楽の波に呑み込まれていくようだ。

「事実だよ」

手が揺れる胸元へ到着すると、指先でその先端に触れた。ぴんと尖《とが》る蕾《つぼみ》を優しく摘《つ》まむ。

「きゃ、あっゃぁ――」

その瞬間、香織の中で俺自身をきゅっと締め付けた。

「まって、だめ……」

「嫌がっているようには見えないが？」

「っ……や、あっ」

恥ずかしそうに、けれど欲望のままに感じるこの表情が好きだ。そう、俺しか見たことがない香織――そう思うだけで身体の奥が熱くなる。

「ほら、止まってないで動いて」

「こ、浩輔さん……私、もう……」

香織は恥ずかしそうに言いよどむ。

無垢《むく》だった香織を、少しずつ、確実に俺色に染めるのだ――

「もう、何？」

微笑《ほほえ》み、先を促《うなが》す。

「………う、動いて」

瞳を潤ませ、今以上の快楽を欲しがる香織に負けた。

「もちろんだ」

彼女の腰を掴《つか》み自分に打ち付けた。

「ああっ、んんっ」

香織も腰をくねらせ背中を反《そ》らす。

振動は少しずつ激しさを増していく。香織の最奥を貫き、ぐりぐりと擦《こす》り付けた。

「あぁ、んっ……」

とうとう自分の身体を支えられなくなった香織が半身を折った。頭を下げ、倒れかかってくる。

「香織、一緒に暮らすか？」

その耳元に静かに囁《ささや》いた。

「え――あっ、はぁ、ん」

香織の中がびくびくと反応する。

「香織――」

「んんっ、浩輔、さん」

激しく腰を打ち付け、そして同時に果てた。

ミネラルウォーターを持って寝室に戻り、香織の頬にぺたりと付けた。

「きゃあっ……もう！」

喉が渇いていたのか、彼女はそれを受け取ると、半分ほど一気に飲み干した。

「浩輔さん、さっきの話なんですけど……」

「さっきの？」

香織は瞳を輝かせながら俺の隣に移動する。

「一緒に暮らそうって、本当ですか？　嬉しいです。今日から？」

「急ぎすぎだ。今日からなんて、さすがに無理だろう」

笑みを零《こぼ》しながら、香織の頭をぽんぽんと撫《な》でた。

「えー、じゃあ来週？」

「ああ、まあ……そうだな」

その前に、香織の家に挨拶《あいさつ》に行くべきだろう。

「あ、そうそう……」

香織は思い出したように呟《つぶや》き、俺を振り仰ぐ。

「お母さんが、浩輔さんに会いたいから連れてきなさいって」

「……は？」

突然の衝撃発言に思考が止まった。

「何だって？」

「あのね、毎週のように私が浩輔さんの家に泊まっちゃって、家族の団らんが減ってるから会いたいんだって」

それを早く言ってくれ！

誘えば香織が喜んでついてくるからあまり気にしていなかったが、そういえば彼女は実家暮らしの、それも一人娘ではなかっただろうか……

「うふふ。お父さんも大事な娘を取ったヤツの顔が見たいって言ってたよ」

「それは、もっと早く言って欲しかったな……」

香織は笑っているが、笑えるような話ではない。

これは、彼女のご両親からの、俺に対する宣戦布告なのではないだろうか？

一体、どんな顔をして会いに行けばいいんだ!?

「どうしたんです、浩輔さん？」

「いや……」

頭痛がするのは気のせいだろうか。

「あ、外！　雨が止んでる。今日は予定通りショッピングに行きましょう！　ね？」

この恋の結末は、めでたしめでたし……だけでは終わりそうになかった。
これからも前途多難な気がしてならない。
それでも、香織とならこれから先、一緒に楽しく過ごせるだろう。

書き下ろし番外編

マダム・オルテンシアの秘密

「あ、浩輔さん、浩輔さん！　私、この道知ってる！」

久し振りのデートの日。陽も傾き始めた頃、私は見知った道を歩いていたことに気付いた。

「以前にも来たことがあるのか？」

「うん、マダム・オルテンシアの占いの館の近くなの！」

「ああ、例の……」

少し先に見える、異国風の三角屋根を指さすと、浩輔さんは感慨深そうに呟《つぶや》いた。

「気になるなら行ってみる？　そうだ、浩輔さんも占ってもらおうよ」

「いや、いい。とてつもなく並ぶんだろう？」

「うーん、土曜日だから三時間くらいかな」

「そんなにか？　なら俺は――」

「ほら、早く行こうっ！」

なぜか時計を見ながら遠慮し続ける浩輔さんの腕を引き、半ば強制的に占いの館まで向かう。けれどそこに行列はなく、扉の前にクローズと書かれた看板がぶら下がっていただけだった。

「そ、そんなあ～」

「パワーチャージのため本日休業、か」

そうだった。マダム・オルテンシアは、自信の未知なる力が弱まると突然占いを休むことがあるのだった。

「そんなに落ち込むな。俺は気にしていない。さあ行こう」

「うん……」

浩輔さんは、項垂《うなだ》れる私の頭をぽんぽんと撫でて慰《なぐさ》めてくれる。

「それよりも、占いはもう止めたんじゃなかったのか？」

水晶玉を失くして、選択を間違えて自信を無くし、一度は何もかも諦めてしまった私だったけれど、それでも諦めきれない人がいた。それが浩輔さんだ。

今こうして浩輔さんと一緒にいられるのは、最後に自分自身の選択で行動したから。

「止めたわけじゃないの。占いは妄信的にならずに、適度に付き合うのがいいのよ」

そんな持論を展開すると、浩輔さんは少し呆れているように空を仰いだ。

「もうっ、元はといえば、マダム・オルテンシアの占いと水晶玉のおかげで、浩輔さんとこうして付き合えてるんだよ？」

「それは、そうかもしれんが――」

それに、マダム・オルテンシアは聞き上手で私の話を親身になって聞いてくれるし、いつも的確なアドバイスをくれる。今は占い師というより姉や親友のような存在に近いと思う。

「この前、私の家に挨拶《あいさつ》に来た時、差し入れは根古屋《ねごや》の羊羹《ようかん》よりエトワールのエクレアがいいって教えてくれたのマダム・オルテンシアだし」

「そ、そうなのか……ご両親の思い出の品だったんじゃないのか？」

「そう、それ！　私も知らなかった！　まさかお父さんがエトワールのエクレアを食べながらお母さんにプロポーズしたなんて！」

浩輔さんが初めて私の家に来て、両親にお付き合いの報告と初めましての挨拶をしに来た時、差し入れのエクレアのおかげで和《なご》やかな食事会へと発展したのだ。

緊張していたのか、怒ったような顔をしていた父は昔話に花を咲かせ、そして酒が進むと次第に浩輔さんと打ち解けていった。

最後には『君みたいなしっかりした男なら一人娘を託せる、どうか頼む！』だなんて、堅い握手までしていたくらいだ。

「マダム・オルテンシアに聞かなかったら、あそこまでうまくいかなかったと思うよ！」

「な、なんだそれは……」

　私の話を聞いていた浩輔さんは、ショックを隠し切れないと言った様子で額《ひたい》を押さえた。

「マダム・オルテンシアはすっごいんだから！」

　そう自慢げに言うと、浩輔さんは重い息を吐き、私の肩をがしっと掴《つか》んで目を合わせた。

「香織、君は俺とマダム・オルテンシアと、どっちが大切なんだ？」

「えっ？」

　どっちだ、と迫ってくる浩輔さんは、目が本気だ。まるで――

「浩輔さん、もしかして嫉妬《しっと》してたりします？」

　いや、そんなまさか。半信半疑で尋ねると、浩輔さんはばつが悪そうに目を逸らした。

「え、えーっ!?」

「と、とにかく、もうここに通うのは止めなさい」

「でも、マダム・オルテンシアはいつも良いアドバイスくれるし」

「俺がいるからいいじゃないか。俺は香織を幸せにできるくらい強運を持っているんだろう？　それだけじゃ心許《こころもと》ないとでもいうのか？」

「わわっ」

　ぐいと引き寄せられ、間近で見つめられる。

「いいか、これからはマダム・オルテンシアに相談する前に、俺に相談しろ。香織の一番近くにいるのは、彼女ではなく俺だろう？」

「う、うん……」

軽く頷くと、浩輔さんはゆっくりと顔を近付けてきた。どちらからともなく目を閉じ、そして唇が重なる寸前――

「あらー」

聞き覚えのあるハスキーボイスが耳に届いた。振り返ると占いの館の扉の前にマダム・オルテンシアが立っていたのだった。

休業日だからなのか、いつもの豪奢《ごうしゃ》な飾りは身につけておらず、服装も質素。それでも艶《なまめ》かしい雰囲気は健在だった。

「えっ、マダム・オルテンシア!?　今日はお休みじゃなかったんですか？」

「ええ、だからここで一人、自然の声に耳を傾けながら力を溜めていたのよ。そうしたら表で聞き覚えのある声が聞こえたから。それに……」

言いながらマダム・オルテンシアは、私の隣に立つ浩輔さんに目を向けた。

「へーえ、この方が子羊ちゃんの運命の恋人ね。お初にお目にかかりますわ」

マダム・オルテンシアは柔らかい素材でできたマントの端を軽くつまみ、優雅に腰を落として挨拶《あいさつ》をした。

「見た目とは裏腹にスゴイ炎をまとっているのね。間近で見てるとアタシもゾクゾクしちゃうわ」

「あの、今日は占いはしないんですか？　もしよかったら浩輔さんも占ってほしいんですけど！」

「お、おい……突然何を言い出すんだ。俺はいい」

「うーん、そうねぇ」

マダム・オルテンシアは唇を尖《とが》らせながら、頬に手を当てて考え始めた。

「ごめんなさいね、やっぱりまだ力が戻ってないみたいだから占えないわ。でもここで会えたのも運命の輪の導きよ。簡単だけど、少しだけ先の未来を見てあげる」

そう言うと、マダム・オルテンシアは浩輔さんの右手を握り目を閉じた。

「少し先の未来ですか？　何だろう、ワクワクするね！」

思わず浩輔さんの左腕をきゅっと握り、その横顔をじっと見つめる。

浩輔さんは、なんとか無表情を取り繕《つくろ》っているが、何かに気付いたらしく、少し動揺しているみたいだった。

「見えたわ……夜景の見えるレストランで夕食……あら、素敵な席を予約したのね。ロマンチックだわ」

「ディナーは秘密って言ってたの、どこか予約してくれてたってことなんですね？」

私は驚いて、マダム・オルテンシアと浩輔さんを交互に見つめた。

「あら、予約はそこだけではないのね。へぇえ……」

次に彼女は、形の良い唇を弧の字に描いてクスクスと笑いを漏らし始める。

「そのあとは……ウフフ。子羊のデザートかしら」

「すみません、もう手を――」

「え、デザートが子羊？　羊ならメインディッシュじゃないんですか？」

私の疑問に、マダム・オルテンシアは軽く目を開いて頷いた。

「そうね、今夜は違うみたい。アナタたち、最近はずっと会ってなかったのね？」

「すごい、何でわかったんですか!?　実は浩輔さんが出張に行ってて、二週間ぶりのデートなんです！」

ずばりと当てられたことに驚いた私は、浩輔さんの腕を引き、興奮を隠し切れずに伝えた。

「あら、それはそれは……今夜はとても盛り上がりそうね。私も同席したいくらい。このとてつもない炎はすっごく興味深いわ」

妖艶《ようえん》な笑みを見せたマダム・オルテンシアは、今度は私の手を握った。

「ねえ、いいかしら？」

「いや、それは遠慮願いたいのだが……」

私が何か言う前に浩輔さんがそう答えながら、マダム・オルテンシアに握られていた私の手を外した。そのまま私を引き寄せ、庇《かば》うように距離を取る。

「アラ、心配しないで。アタシ両刀使いなの。どちらも美味しく頂けるわ」

「っ――行くぞ香織！」

「えっ、でもまだ占いの途中なのにっ」

「も、もう十分だ。では失礼する」

そう言うと、浩輔さんは目も合わせずに逃げるように歩き出した。

「ウフフ、また来てねー！」

早足で去ろうとする浩輔さんの背中にマダム・オルテンシアのハスキーボイスが届いた。

「ねえ、ちょっと……浩輔さんってば！」

占いの館から十分離れた頃、浩輔さんは後ろを振り返りながら言った。

「香織、もうあそこに行くのは止めなさい。あの男は危険すぎる」

「え、男？　何言ってるの。マダム・オルテンシアは女の人だよ。マダムって名乗ってるし、あんなに美人だし」

浩輔さんは立ち止まると、狼狽《ろうばい》した様子で言う。

「どう見ても男だろう！　今までずっと気付かなかったのか？　声は低いし、喉仏《のどぼとけ》だってあったじゃないか」

「え、そんな……まさか……」

確かに、女性にしては低い声かなとは思っていた。いつもスカーフで口元を覆っていたから喉仏なんて見えなかったし、何よりマダムと名乗っていたのだ。

「わ、私……ちょっと確かめて来ます！」

マダム・オルテンシアに直接聞いてみようと思ったが、浩輔さんに止められてしまった。

それにしてもショックが大きすぎる。世の中にあんなに綺麗な男の人がいるなんて……

「まさか、男の人だったなんて……私より色気があって、細くて美人なのに……こんなお姉さんがいたらいいのになって思ってたのに……」

がっくりと肩を落とす私に、浩輔さんは何も言わない。

マダム・オルテンシアが男の人なら私って何なんだろう、とさえ思えてくる。

「まあ、仕方がない。元気を出しなさい」

ポンポンと撫でてくれる手の平が心地よくて、私は落ち込んでいるふりをしながら浩輔さんに抱き着いた。

「あ、そう言えば、さっきは何の話してたの？　両刀使いって？　マダム・オルテンシアは両利きってこと?」

「は?　ああ、そうだな……まあ、香織は知らなくていい事だ」

突然焦り出した浩輔さんが眼鏡を押し上げながら言う。

「えー、気になる!　教えてよ!　ねえったら!」

「どうでもいいことだ。それより、そろそろレストランの予約時間だ。急ごう」

いくら頼んでも、浩輔さんは教えてくれそうにない。

「じゃあいいもん、月曜日に会社の誰かに聞くもん!」

「な、何を言っている!?　そんなこと聞かなくていい!」

「じゃあ教えてよっ」

「わ、わかった……食後に……」

「いいわ、食後ね。絶対に教えてよ!　羊食べたら聞くからね!」

「羊はメニューにはない」

「それじゃあ、マダム・オルテンシアの占いはハズレってこと?」

その問いに肯定も否定もしない浩輔さんは、少しばかり耳が赤くなっているようだった。

そして食後。レストランから連れてこられた先は、浩輔さんが内緒で予約していた高級スイートルーム。夜景を見ながらの蕩《とろ》けるようなキスの嵐で、私は何を聞こうとしていたのかをすっかり忘れてしまったのだった。

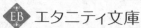

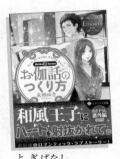

甘いトモダチ関係
Comic By Rin Hachikumo
Original Work By Nao Tamaki
漫画 はちくもりん
原作 玉紀直
激甘友情ラブストーリーが
待望のコミカライズ！
ずっと
最高の友達として
十年来の親友から
ある日突然
告白されちゃった!?
私はずっと
征司と友達でいたいよ!!
あっ
あ
十年前から繋がっていた想い
繋ぎ合いたかった恋心
あああっ
コミックスは2016年7月刊行予定！
ETERNITY WEBMANGA
エタニティWEB漫画！
無料で読み放題！
他にも人気漫画が多数連載中!!
今すぐアクセス！
エタニティ Web漫画
検索

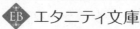

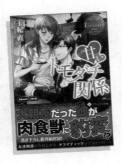

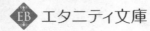

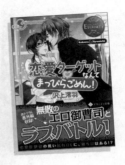

本書は、2014年6月当社より単行本として刊行されたものに書き下ろしを加えて文庫化したものです。

エタニティ文庫

前途《ぜんと》多難《たなん》な恋占《こいうらな》い

来栖《くるす》ゆき

2016年7月15日初版発行

文庫編集－橋本奈美子・羽藤瞳
編集長－塙綾子
発行者－梶本雄介
発行所－株式会社アルファポリス
〒150-6005 東京都渋谷区恵比寿4-20-3 恵比寿ガーデンプレイスタワー5階
TEL 03-6277-1601（営業） 03-6277-1602（編集）
URL http://www.alphapolis.co.jp/
発売元－株式会社星雲社
〒112-0012東京都文京区大塚3-21-10
TEL 03-3947-1021
装丁イラストー鮎村幸樹
装丁デザインーansyyqdesign
印刷－大日本印刷株式会社

価格はカバーに表示されてあります。
落丁乱丁の場合はアルファポリスまでご連絡ください。
送料は小社負担でお取り替えします。

ISBN978-4-434-22068-5 C0193